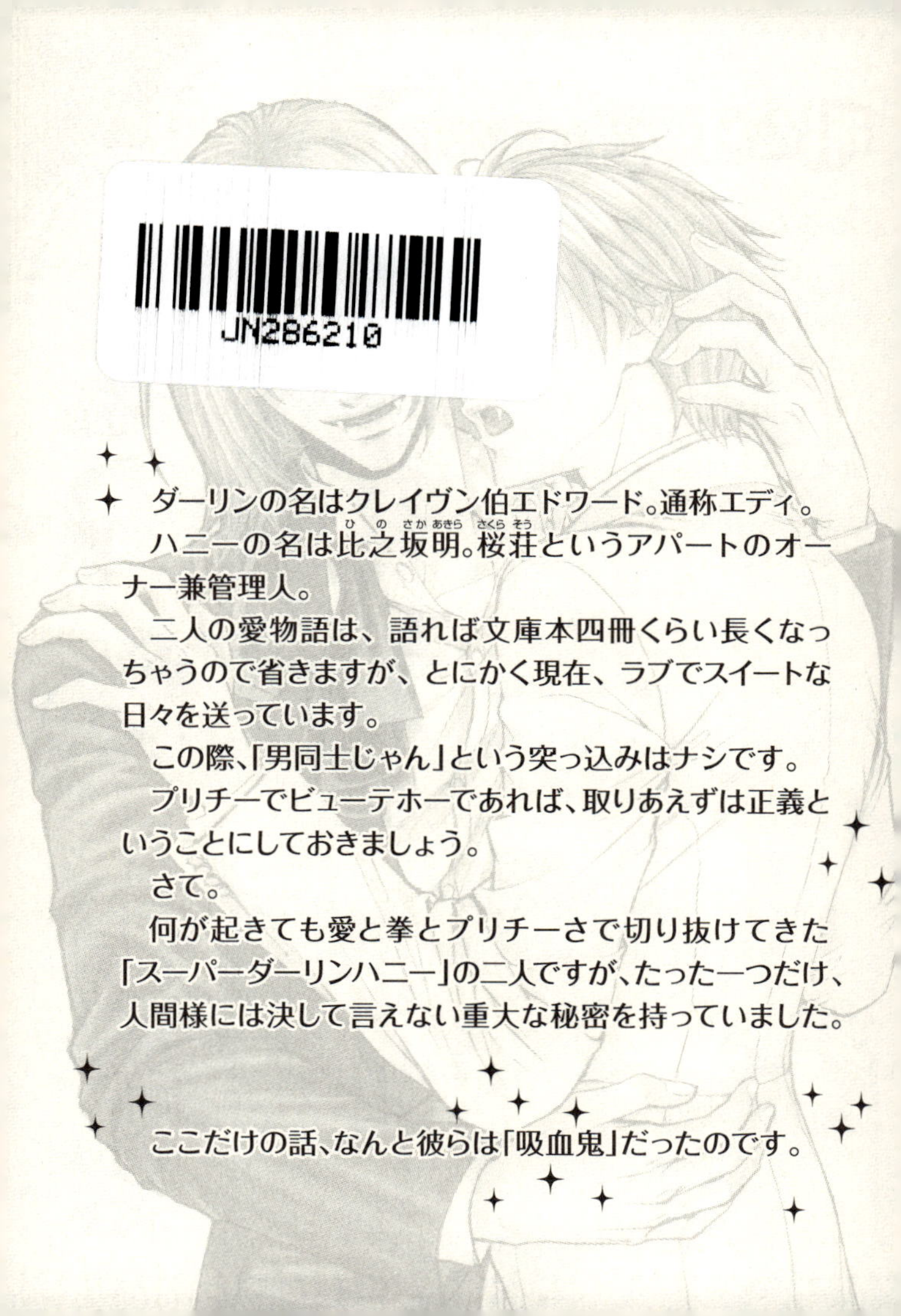

JN286210

ダーリンの名はクレイヴン伯エドワード。通称エディ。

ハニーの名は比《ひ》之《の》坂《さか》明《あきら》。桜《さくら》荘《そう》というアパートのオーナー兼管理人。

二人の愛物語は、語れば文庫本四冊くらい長くなっちゃうので省きますが、とにかく現在、ラブでスイートな日々を送っています。

この際、「男同士じゃん」という突っ込みはナシです。

プリチーでビューテホーであれば、取りあえずは正義ということにしておきましょう。

さて。

何が起きても愛と拳とプリチーさで切り抜けてきた「スーパーダーリンハニー」の二人ですが、たった一つだけ、人間様には決して言えない重大な秘密を持っていました。


ここだけの話、なんと彼らは「吸血鬼」だったのです。

明&エディのすべて

クレイヴン伯エドワード

正式名称
第七代クレイヴン伯エドワード・ヒュー・キアラン
(Edward・hugh・ciaran,Earl of Craven)

1652年9月12日生まれ

10歳の頃、旅行中の父が魔女狩りの暴徒に襲われて灰になる。

20歳で、第七代クレイヴン伯を継ぐ。

血液型はないけれど、A型気質。これからは明の血を吸い続けるのでO型吸血鬼になる予定。

絹のような黒髪に青い瞳の超絶美形。

欲情すると、瞳が真紅に変わる。

クレイヴン家の家訓
生涯ただ一人を愛す。
そのためのいかなる努力も惜しまない

エディと明 愛の軌跡

出会い
桜荘に飛び込んできたコウモリが、タキシード姿の超絶美形に変身!!
同居(同棲?)生活の始まり。

プロポーズ
さすがは伯爵様、指輪を渡して熱烈求愛♥
「お前は俺の大事な嫁。生涯愛し抜いてやるからな? クレイヴン家の、由緒正しい指輪を受け取れ」
ちなみに、チャーリー失恋の決定的瞬間。

危機一髪!!
「極上の血」ゆえ狙われた明。
貞操の危機!!

徹底解剖!?

比之坂《ひのさか》 明《あきら》

8月10日生まれのO型。24歳。

祖父と両親を亡くしたのを期に、祖父の残した桜荘の管理人に。前職は、文具メーカーの営業。
実はとっても文具好き。特にラブリーなものには目がない。だからエディコウモリも一目で好きになった。
祖父ちゃん子で、空手の有段者である祖父に鍛えられた。腕には覚えあり。口より先に、手が出るタイプ。でも、幽霊など怖いものが嫌い。
道恵寺の遠山家とは家族ぐるみの付き合いで、聖涼を兄のように慕っている。

明の名前は、最初は「平坂明」だった。妖怪たちが住むアパートなので、「黄泉平坂（よもつひらさか）」から平坂をもらってもいいかなと思ったんですが、ちょっとやり過ぎと感じて「比之坂」に変えました。
（by 高月まつり）

お披露目
エディの祖国イギリスへ。吸血鬼の城で、エディの花嫁としてお披露目。

苦悩
吸血鬼になるか、人間のままでいるか――。悩む明をエディは優しく見守る。

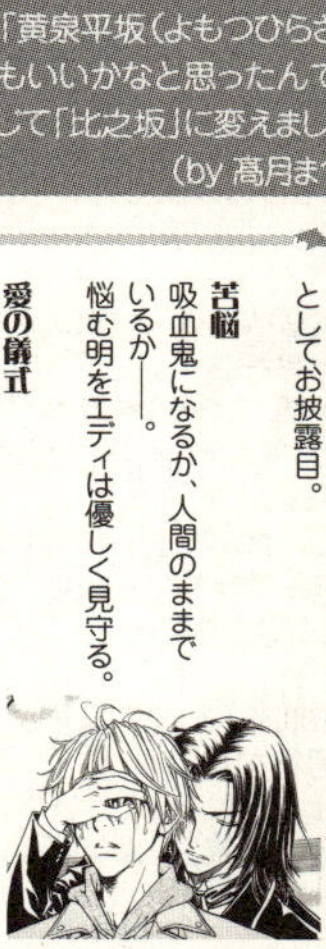

愛の儀式
エディと同じ時を生きることを決意した明。
「エディ……っ！ 俺を……早く……噛め……。早く……エディの仲間にしてくれ……」
悦楽で赤く彩られた愛の儀式を受ける。

永久の愛を誓う
吸血鬼となった明にエディは誓う。
「お前は吸血鬼になるって覚悟を決めた後、いろんなもんを捨てた。でも俺様は、それを絶対に後悔させねえ。だからしっかりついてこい」
ここから、二人の新たな物語が始まる――。

桜荘の住人&遠山家紹介

桜荘

■チャールズ・カッシング
101号室の住人。

3月15日生まれB型。

26歳。

オックスフォードはハートフォードコレッジの卒業生。

魔物退治や呪いに傾倒していたが、成績優秀で愛嬌があったので、友人や教授から疎まれることはなかった。お得な性格。

■宮沢雄一
(みやざわ ゆういち)

201号室の住人。

11月23日生まれA型。

27歳。

オックスフォードはハートフォードコレッジの卒業生。

チャーリーの幼なじみで、自他共に認める世話係。

■河山洋司(かわやま ようじ)
202号室の住人。

猫又。七色の作風を持つベストセラー作家。

猫又人生は、江戸中期から。

■曽我部・ダレル・大輝(そがべ だれる たいき)
203号室の住人。
■伊勢崎・ユージン・壮太
(いせざき ゆーじん そうた)

204号室の住人。

狼男。21歳。妖怪年齢も同じ。

幼なじみで親友の二人は、可愛いお嫁さん探しに日々奔走中。

遠山家

■遠山聖涼
(とおやま せいりょう)

4月2日生まれAB型。

34歳。

道恵寺の跡取りで退魔師。

実は中学生まではかなりヤンチャで、警察のお世話になったことも数知れず。

だが高校時代、父・高涼に強引に山岳修行に連れて行かれ落ち着く。よほどつらかったのか、修行については「どう表現していいのやら」としか語らない。

■遠山(旧姓:安倍)早紀子(とおやま さきこ)
元桜荘201号室の住人。聖涼の妻。

キツネの妖怪。純日本風美女だが、言動がはっちゃけている。

■遠山高涼
(とおやま こうりょう)
67歳。
道恵寺の住職で、素晴らしい退魔師。
頑固一徹なタコ坊主だが、若い頃はモデルかアイドルかと思うほどの美形青年。

■遠山聖子(とおやま せいこ)
57歳。

道恵寺の大黒様。霊感の類はまったくないが、何ごとにも動じない。

墓参りに来たところを高涼に一目惚れされ、猛烈アタックの末、結婚。

■大野和志(おおの かずし)
102号室の住人。

犬妖怪。外見は二十代後半。食品会社の企画開発部に所属。妖怪年齢は、外見年齢の二倍ほど。

■橋本友之(はしもと ともゆき)
103号室の住人。

蛇妖怪。外見は二十代後半。服飾メーカーの商品管理部に所属。妖怪年齢は、外見年齢の三倍ほど。

小説

聖涼さんの悩み相談室

春はまだ浅いが、昼間はかなり暖かくなってきた。

聖涼《せいりょう》は本堂の廊下にあぐらをかき、由緒正しい柴犬の弁天菊丸《べんてんきくまる》と一緒に、のんびりと日向ぼっこをしている。

その姿がどこか寂しそうなのは、妻の早紀子《さきこ》が子供たちを連れて実家に里帰りしているからだろう。

『お母さんの作ったおいなりさんをいっぱい持って帰ってくるわね。私と子供たちがいない間に、浮気なんかしちゃイ・ヤ・よ？』

そう言って微笑んだ妻の可愛い顔が、ふわりと思い出される。

「……浮気なんかしませんって」

聖涼は弁天菊丸の背中を撫でて、ため息混じりに呟《つぶや》いた。

日頃エディから「人でなしっ！」と言われている彼でも、愛妻と子供たちが傍《そば》にいないのは寂しい。

「こうして、ボーッとしてるのもなんだか退屈だ。エディ君や明君《あきら》たちを構《かま》って遊ぼうかな。どう思う？　弁天菊丸」

吸血鬼が嫌いな弁天菊丸は、情けない声を出して鼻をぴすぴすと鳴らす。

「お前は本当に吸血鬼が嫌いなんだね。……しかし、退屈は紛《まぎ》れそうだよ。見てご覧」

聖涼は雑木林から境内《けいだい》に姿を現した桜荘《さくらそう》住人たちを指さした。

彼らは修験者のように厳しい表情をしてこちらに向かってくる。

「土曜日だっていうのに、遊びにも行かずにどうしたんだい？　みんな」

いつもなら、彼らは聖涼の軽口に苦笑しながらも言い返す。しかし今は微妙に視線を逸《そ》らしてため息をつくだけだ。

「あのですね、聖涼さん。実は俺たち……相談したいことがあるんです。お時間をいただけますか？」

住人を代表して、猫又《ねこまた》・河山《かわやま》が口を開く。

「構わないけど。でも、桜荘のことだったら明君たちが一緒じゃなくていいの？　それに、チャーリー君たちもいないし……」

よく見ると、聖涼の前にいるのは「桜荘妖怪部隊」のみなさんだけ。

「いちゃ困る人たちと、いたらうるさい人たちは、置いてきたんですよー」

「そうそう。これは俺たちだけの問題だ」

曽我部《そがべ》と伊勢崎《いせざき》の狼男コンビが、いつもと違って真剣な表情を浮かべた。

「そうそう」

蛇妖怪・橋本《はしもと》と犬妖怪・大野《おおの》も、頷《うなず》きながら揃《そろ》って呟く。

こりゃ何か、とっても面白いことになりそうだ。

暇を持て余していた聖涼は、心の中で思ったことをおくびにも出さず、慈愛の微笑みを浮かべる。

「ここじゃなんだから、本堂へ移動しようか」

彼はゆっくり立ち上がると、「桜荘妖怪部隊」のメンバーを手招きした。


彼らにとっては、そりゃもう切実な問題なのだろう。

しかし、話を全《すべ》て聞いた聖涼は、あまりの馬鹿馬鹿しさに衝撃を受けて床に突《つ》っ伏《ぷ》した。

「聖涼さんっ！　寝てる場合じゃありませんよっ！」

「俺たちにとっては、死活問題ですっ！」

「昼間は会社員なんですよっ！　職場で居眠りできますかっ！」

住人たちは口々にブーブーと文句を言い、拳で床を叩《たた》く。

「いや……寝ていたわけではないんだけど……」

聖涼はだらしなく顔を上げた。

そして、しょっぱい表情を浮かべて彼らを見渡す。

「……で？　私にどうしろと？　明君を呼んで、『住人から、君の声が大きくて寝られないと苦情が出てる。だから、セックスをするときは声を出さないようにね』と注意すればいいのかい？　そんなことをしたら、明君は恥ずかしさのあまり日光に当たりに行っちゃうよ？」

「比之坂《ひのさか》さんに、そんな可哀相なことを言わないでくださいよ。それに、エディさんが何もしなければ、桃色の騒音で悩むこともないんですから」

　橋本の言葉に、住人たちは深く頷いた。

「じゃあエディ君を呼んで『住人から夜中の騒音に関して苦情が出ているから、君はしばらく禁欲しなさい』と言えばいいのかな？　ははは」

「あの俺様吸血鬼にそんなことを言ったら、俺たちが抹殺されますっ！」

「えー？　大丈夫じゃないの？　大野君。試してみようよー。ね？」

　俺たちはせっぱ詰まってるのに、何でこの人は楽しんでるのかなっ！

　住人たちは心の中で一つになると、恨めしそうに聖涼を睨《にら》んだ。

　その視線に気づいた彼は、にやつく口元を片手で隠す。

「ごめんごめん。しかしだね、君たちだって安眠用の結界を張れるんじゃないか？　わざわざ私のところに相談に来なくとも……」

その言葉に、住人たちは顔を見合わせて目配《めくば》せした。

「聖涼さん。相手は吸血鬼ですよ？　結界の作り方が違うから、彼らの声は筒抜けダダ漏《も》れ。エディさんが自ら結界を張ってくれればいいんですけど、あの人……二回に一度は結界を張るのを忘れるんですっ！」

「防御率最低。俺がプロ野球チームの監督だったら、そんな防御率の悪いピッチャーはさっさとクビにしますね！」

狼男コンビは仲良くシャウトするが、聖涼はノホホンと言い返す。

「だったら曽我部君と伊勢崎君もカップルになっちゃえばいいんだよ。桜荘のあっちとこっちで声を出してれば、相殺《そうさい》されるんじゃない？」

大変恐ろしい提案に住人たちは体を強《こわ》ばらせ、道恵寺《どうけいじ》の本堂は水を打ったように静まりかえった。

「な、な、なんでそういう非生産的な提案ができるんですか？　聖涼さんは狼男を絶滅させたいんですか？」

「想像できない……というか、想像したくないっ！」

伊勢崎は頬を引きつらせて怒鳴り、曽我部は気持ち悪そうに床に転《ころ》がる。

「いつまでたってもお嫁さんが見つからないなら、仲良く二人で暮らすというのもアリなんじゃないかと思っただけだよ」

「それはナシですっ！」

二人の狼男はふさふさの耳を出して、仲良く大声を上げた。

「いや……意外といいかもしれない」

聖涼の言葉を後押しするような河山の独り言に、狼男たちは凍《こお》り付く。

河山は、瞳を小説家らしい好奇心で輝かせていた。

「だめですよっ！　河山さんっ！」

「こっちの世界に戻ってきてっ！　あなたが書いてるのはフィクションですっ！」

これ以上夜中に桃色騒音を聞きたくない橋本と大野が、河山の体を揺さぶった。

「はいはい。みんな冷静になって」

元凶が何を言うかっ！

そう言ってしまいたい。しかし相手は稀代《きだい》の退魔師《たいまし》。あまり酷《ひど》いことを言うと、逆に退治されてしまう。

住人たちは仕方なく、心の中で突っ込みを入れた。

「私が安眠用のお札《ふだ》を用意してあげるから、それを玄関のドアに貼ってくださいね。そうすれば、吸血鬼の声は聞こえません。お札は夜間専用でいいよね？」

吸血鬼の声が昼間も聞こえないと、管理人でもある明の身に何かあったときに困る。桜荘の住人は、明が吸血鬼になったときから「日中の比之坂さんをフォローしてあげよう」と心に誓ったのだ。

「それで構わないよな？　みんな」

大野の問いかけに、みな真剣な顔で深く頷く。

「しかし、夜間専用とは。便利なお札ですねぇ」

「ははは。特別製だからね、河山さん。では、一枚二万円ということで」

え？　お金を取るの？　善意じゃないの？

慈愛の微笑みを浮かべる聖涼の前で、桜荘住人たちは頬を引きつらせた。

道恵寺の本堂は厳粛《げんしゅく》なまでに静まりかえり、濡れ縁に前足を乗せて中を窺《うかが》っていた弁天菊丸さえ声を上げない。

「冗談だよ、冗談。桜荘の住人相手に金儲《かねもう》けなんてしませんって。人数分を用意するから、少し待っていてね」

聖涼はくすくすと小さく笑い、一旦席を立った。

「……あの人の冗談は、冗談に聞こえないからタチが悪い」

他の連中は「俺たちが相手じゃなくて良かった」と、あからさまに安堵《あんど》の表情を見せた。

だが河山だけは、何かネタが思い浮かんだのか携帯しているメモ帳を文字で埋めていく。

彼らは河山の嬉々とした表情をじっと見つめ、次の瞬間、切ないため息をついた。


かれこれ、二十分は経《た》っただろうか。

席を外していた聖涼が、ありがたい札を両手に持って軽やかに本堂に戻ってきた。

「お・ま・た・せ！　我ながら素晴らしい出来だ。これを玄関のドアに貼れば、安眠間違いなしっ！」

彼は桜荘住人たちに長方形の札を一枚ずつ渡す。

赤と黒の二色を使って描かれた札は、その効果を証明するかのように自己主張が激しい。

「ありがとうございました。これで……今夜から安眠だ！」

橋本はみなを代表して、聖涼にすがすがしい笑みを見せた。他の住人たちも、深々と頭を下げる。

「いやいや、これくらいお安いご用だ」

聖涼は、本堂から出て行こうとする彼らに声をかけた。

しかし河山だけは、札を手にしたままその場に残る。

「どうかしましたか？　河山さん。他にも何か面白いことが桜荘で起きているとか？」

面白い事件なら大歓迎だとばかりに、聖涼は彼の顔を覗《のぞ》き込んだ。

「いや……その……俺にはこのお札は必要ないなと」

河山は仲間の姿が遠くなったことを確認してから、苦笑を浮かべて札を聖涼に返す。

これには聖涼も少し驚いた。

「仕事が仕事ですからね。どんなこともネタになる。実は……」

河山はジーンズのポケットに押し込んでいた一冊の文庫本を引っ張り出し、「はい」と聖涼に渡した。

「『紅蓮《ぐれん》の葬送《そうそう》』？　これ、河山さんの最新刊じゃないですか。読みましたよ、私。あれって、もしや……」

聖涼は文庫本の表紙と河山の顔を交互に見て、いたずらっ子のような笑みを浮かべる。

「はい。お察しの通り。だからね、せっかくお札を用意していただいても、俺には使う当てがないんです」

「なるほど。この本、続きがあるんでしょう？　あのラストで続きがないと言ったら、私は怒りますよ？　続きはいつ出るんですか？　絶対に買いますからね。猫原真昼《ねこはらまひる》先生」

聖涼は河山をペンネームで呼び、一ファンの顔をした。

「続きを書くためにも、お札は不要ということで」

河山はにっこりと微笑み、腰を上げる。

「楽しみだな。山間の集落で起きた事件。過去の因習に囚《とら》われた人々。時代錯誤の生け贄《いにえ》。主人公たちを見守っていた住職を、もっと活躍させてあげてくださいね」

「もちろんですよ。なんてったって、モデルは聖涼さんですから」

河山は「それ以上は、企業秘密」と言って、桜荘に帰って行った。

「……そうか。あの若住職のモデルは、思っていたとおり私か」

聖涼は嬉しそうに呟いたが、河山が本を置いていったのに気づく。

彼はその本を見つめているうちに、面白い考えを思いついた。


寺のお勤めを果たし、訪れた檀家《だんか》と世間話をして、弁天菊丸の散歩を終えた頃には、太陽はだいぶ西に傾いていた。

散歩を終えた一人と一匹は道恵寺の境内に入った途端《とたん》、桜荘に続く雑木林の中から声をかけられる。

「聖涼さん。あの……少々お時間をいただいてよろしいですか?」

木の陰からこちらを窺うように立っていたのは、桜荘の住人・宮沢雄一《みやざわゆういち》だった。

さらりとした黒髪に鋭い二重を持った、まさに「クールビューティー」が服を着て歩いているような彼は、今は「無念のまま死んだ若侍の幽霊」に見える。

そんな雄一にいつもべったりくっついている、彼の上司であり恋人でもあるチャールズ・カッシングの姿はどこにもない。正真正銘、雄一ひとりだった。

「宮沢さん、そんなところでなにやってんの？　こっちに出ておいでよ」

「いえ。もしチャーリーに二人でいるところを見られたら、俺の計画はおじゃんになってしまうので」

いつも気むずかしそうな顔をしているが、今日はいつにも増して気むずかしい。笑えば絶対に可愛らしいだろうに、眉間《みけん》には何本も皺《しわ》が刻まれ、形のいい唇は頑固さを見せつけるように一文字にきゅっと結んである。

あー、こりゃチャーリー君と何かあったんだな。人様の痴話喧嘩《ちわげんか》に首を突っ込むのは性《しょう》に合わないんだけど、勝手知ったるなんとやらだ。

聖涼はそんなことを思いながら、苦笑を浮かべた。

「だったら本堂にいらっしゃい。ところで仕事の方は大丈夫なんですか？」

「土日は任意出勤というか……ホテル側に任せていますので。非常事態にならない限り、呼び出されたりしません」

「チャーリー君は？」

「あいつはまだカッシングホテルにいます。自分のオフィスを改装するとかで、内装のデザイナーと話し込んでいました」

雄一は相変わらず木の陰から出てこない。

チャーリーがいきなり現れるわけはないのに、彼の視線は辺《あた》りを探っていた。

「そんなに警戒しなくても大丈夫だから、早くそこから出ておいで。君の周りに、浮遊霊がふわふわ浮いているよ」

怖いものが大嫌いな雄一は、聖涼の発した「浮遊霊」という言葉に即座に反応して、頬を引きつらせて境内に飛び出す。

弁天菊丸は雄一を見上げて、嬉しそうに尻尾を振った。


夕方の本堂は薄暗くて怖いから、別の部屋にしてくださいという雄一のリクエストで、彼らは来客用の座敷に入った。

「さてと、宮沢君。チャーリー君に何をされたんだい？」

雄一が悩むことといったら、チャーリー関係でしかない。だから聖涼は、単刀直入に話を切り出した。

「な……なぜそれが……」

「常日頃の、君たちの行いを見ていればこそ」

雄一は湯飲みをテーブルに置き、聖涼から微妙に視線を逸らしてため息をつく。

「なぜチャーリーは、ああも煩悩《ぼんのう》まみれなのかと思うと……」

「人間、そう簡単に悟りは開けませんよ」

「しかし人間であれば理性があるでしょう」

「時には本能に身を任せることもあります」

「毎日本能のままに生きてるんですよ？　あの男は！　ゆくゆくはカッシンググループの頂点に立つ男が！」

「しかしチャーリー君は、仕事はちゃんとしているんでしょう？　私の耳にも『カッシングホテル・ジャパンは素晴らしい』という噂が入ってきてます」

「ありがとうございます」

雄一は礼儀正しく頭を下げるが、すぐに二度目のため息をついた。

「なんだかんだ言っても、チャーリー君は君の恋人でしょう？　それに君は、彼の幼なじみでもある。彼の性格は十分把握している上で付き合っているのなら、愚痴や文句はノロケと変わらないよ？」

　聖涼の言うことはもっともだ。

　雄一も反論が出来ないのか、それともないのか、沈黙を守っている。

「……で？　今回のノロケはなんですか？」

「ノロケじゃないですよ、聖涼さんっ！　あーもーっ！　この際ハッキリ言いますっ！　あいつの精力を減退させるとっておきの手段はありませんか？　こんなこと、聖涼さんにしか相談できないんです」

「え……？」

　聖涼は目を丸くして唖然とする。

　雄一は言ってから恥ずかしくなったのか、耳まで真っ赤にして項垂《うなだ》れた。

「そ……その……確かに俺は、チャーリーの恋人です。ええ恋人ですとも。この先、人生のイバラ道を歩むことも覚悟しました。ですが、だからといってところ構わず迫られるのは嫌なんです。オフィスやホテルのトイレ、車内。昨日なんか、レストランで食事をしている最中に、テーブルの下から人の太股を触ってきたんですよっ！　食欲と性欲を一緒にするなんて最低ですっ！」

「あー……宮沢君、宮沢君。君たちの下半身関係をわざわざ私に言わなくてもいいから」

ゲイにはこれ以上ないくらい寛大だが、聖涼はストレート一直線。

相談には乗るが、余計なことはあまり聞きたくなかった。

「す、すいません。俺としたことが、つい頭に血が上《のぼ》ってしまって。とにかく俺は、チャーリーに節度を持ってもらいたいんです。ベタベタするのは一週間か十日に一度でいいんです。俺は肉体的な関係より、精神的な関係を大事にしたいので……」

雄一はしかめっ面《つら》でテーブルを叩く。

「あのね、宮沢君……」

聖涼はさっきから心に引っかかっていたある重要なことを、口にする決意をした。

「はい、なんでしょう。チャーリーの精力減退に効くお札か祈禱《きとう》があるんですか？」

「君は……まだチャーリー君に突っ込まれてないの？」

この人は何を言ってるんだろう。

雄一は眉間に皺を寄せたまま、聖涼の言った言葉の意味が分からずに首を傾《かし》げた。

「私も何度も言いたくないんだが、宮沢君は、チャーリー君の性器を自分の肛門に挿入されたことはないのかい？」

ストレートな聖涼の、あまりにストレートな言い方に、雄一は首まで真っ赤になる。

「そ、そ、そ、それは……その……っ」

雄一は言葉を詰まらせ、首がもげてしまうくらい左右に振った。

「はー。心のつかえが下りた。エディ君からいろいろ聞いていたけど、結局は最終段階には行ってなかったということか」

聖涼はすっきりした表情を見せたが、雄一は自分とチャーリーの関係がすべてバレてしまったことに激しい羞恥心を覚え、穴があったら入りたい気分に陥《おちい》る。

「つまり、『初めての挿入行為で不安いっぱいなのに、俺の気持ちはおろか、場所とシチュエーションをまったく考えないチャーリーのバカバカ』ってところか」

「挿入って言わないでください……」

「ははは。気にしない気にしない。それにしても、チャーリー君が焦《あせ》ってしまうのも分かるなあ」

聖涼は腕を組み、一人納得したように頷く。

「何がどう分かるんですか？　俺以上にチャーリーを理解している人間はいません」

自分たちの絆の深さをアピールする台詞《せりふ》だが、きっと雄一は無意識に言っているのだろう。それがなんとも可愛らしい。

聖涼は苦笑を浮かべて理由を言った。

「エディ君と明君の声は、君たちにも聞こえているんだろう？　『あの化け物さえ明と濃厚な夜を過ごしている。なのに、どうして人間の私は雄一と合体できないんだろう』って思ってんだと思うよ？　桜荘には二組のカップルがいるけど、片方はラブラブエッチ。なのにもう片方は中途半端エッチとくれば、焦っても仕方ないでしょ？」

「他人は他人、自分は自分です。……ったく。何もしてないわけじゃないってのに」

挿入以外のエロエロ行為を既に許している雄一は、赤い顔のままムッとする。

「さっさと済ませちゃえば、チャーリー君も四六時中君に迫ったりしないんじゃないの？」

「そんなっ！　心の準備も出来ていないのにっ！　無理です。絶対に無理っ！　聖涼さん、チャーリーの精力をなくすお札をくださいっ！」

あーもー……無茶苦茶言うなあ、このオニイサンはー。

目の前で駄々を捏《こ》ねる雄一に、聖涼は唇を尖《とが》らせた。

「ないことはないですけどね、そういう類《たぐい》のものは。しかし……」

「あるならすぐくださいっ！　聖涼さんは有名な退魔師ですから、お札の値も張ると思います。しかしこの際、背に腹は代えられないっ！　さあどうぞ、額を提示してください！」

「んー……百万ぐらいかなあ」

「そうですか……って、高っ！」

出せない金額ではないが、支払いには勇気が伴う。

雄一は大見得《おおみえ》を切ってしまった手前、ディスカウント交渉が出来ずに低く呻《うめ》いた。

高いだろうとは思っていたが、予想額を遥かに超えていた。さてどうする。この札一枚で、チャーリーがベタベタしてこなくなるんだぞ？　俺が願えば、きっと一生。仕事中に煩《わずら》わされることもなく、強引に恥ずかしいことをされるおそれもない。素晴らしいじゃないか。品行方正なチャールズ・カッシング。それこそ、俺の理想とするチャーリーだ。

雄一は意志の強い瞳を聖涼に向けて、決心のほどを表す。

「せ、聖涼さん」

「ははは冗談だよ。お札一枚に百万も取ったら、父さんになんて言われるか」

「冗……談？」

なんだよこの人は……っ！

百万を払う気でいた雄一は、体から力が抜けてテーブルに突っ伏した。

「君はホントに真面目だねえ。相手のテンションを下げるお札があるから、それをあげるよ。本来は相手を呪うアイテムの一つなんだけど、これ一つだったら使ってもたいした呪いにはならない。男性なら、軽く不能になるくらいかな？」

物凄いことをさらりと言った聖涼は、札を取りに行くため席を立った。

紫と黒の二色で描かれた小さな札を見て、雄一は神妙な表情をした。

札は小さいながらも「俺は効くぜ」と自己主張が激しい。

怖いものが大嫌いな雄一は、札の存在感に気後《きおく》れする。

「これを白の絹で作った小さな巾着に入れて、彼のジャケットのポケットにでも入れなさい。彼は常に大人しくしているはずだ。相手に渡すことで威力を発揮するので、自分が持っている分には大丈夫だよ」

「ありがとうございます。巾着は手作りします。これを『ラッキーアイテムだそうだ』と手渡せばいい」

雄一は札をうやうやしく受け取り、そっと自分のジャケットのポケットの中に入れる。

「チャーリー君は、君からもらったものならキャンディー一つでも物凄く喜ぶだろうね」

いつもの彼らを知っている聖涼は、ほんの少しだけチャーリーを気の毒に思った。

だが雄一は、彼を呼び止めたときとは違ってすがすがしい顔をする。

「ありがとうございました。帰ったら早速巾着を作ります。では、これで失礼します」

雄一は聖涼に深々と頭を下げ、桜荘へと急いで戻った。

「こんな遅くに、人様の家を訪問するのは失礼だとは分かっているんですが……」

座敷に通されたチャーリーは、自分の腕時計に視線を落としながらあぐらをかいた。

時計の針は、午後十時を指そうとしている。

つい数時間前までは雄一が正座していた場所に、今はチャーリーが神妙な表情であぐらをかいている。

ますます面白くなりそうだな。今後の展開から目が離せませ〜ん。

聖涼は無責任に喜んで、単刀直入に話し出した。

「で？　宮沢君の、何で悩んでいるのかなー？」

「なぜ分かるんですか？　ホワ〜イ？　日本のハンターは人の心まで見透かすと？　それはちょっとノー」

チャーリーは弱々しく「ノー」と言って、両手を胸に当てた。

この場合、分からない方が変です。

聖涼は心の中でサクッと突っ込み、お茶を一口飲んだ。

「……はあ。そっちがストレートに言うならば、こちらもストレートに相談しなくては」

「はいはい、どうぞ」

「雄一がセックスをさせてくれないのはなぜだと思いますか？　聖涼さんっ！　私は雄一と恋人同士になったと思っていたけれど、実は違っていたのだろうかっ！　だとしたら、なんと悲劇的展開っ！」

チャーリーはオーバーに苦悩してみせると、テーブルを激しく叩く。

「つまりチャーリー君は、宮沢君の肛門に自分の性器を挿入していないと。そしてそれを切望していると」

「なんですか……その、ストレート過ぎて下品な言い方は」

「わかりやすく言ったまで。それで合ってるんでしょ？」

「ふ、不本意ながら……その通り……」

チャーリーは悔しそうに言葉を絞り出し、「ノォォォ〜」と付け足した。

「宮沢君はあの通りの性格だから、これはもう気長に待つしかないと思うんだけどね。恋人同士という自覚はあるようだから、ここは一つ……」

「日本でならいいんですよ、日本でならっ！　だが私たちは日本とイギリスを仕事で行き来しています。本社には、いたいけな雄一を狙うケダモノが何匹もいるんですよっ！　彼らに雄一のバックバージンを奪われたら、聖涼さんが弁償《べんしょう》してくれるんですか？」

「誰がそんなものを弁償しますか」

「そ、そんなもの？　私の愛する雄一のバックバージンを『そんなもの』と言ってほしくないっ！」

　話がどんどんズレていくが、これはこれでちょっと面白い展開なので、聖涼は軌道修正をしない。

「血は争えないというか、私の親戚に何名かゲイがいるんです。彼らが雄一を狙っているんですっ！　しかし雄一は気がついていないっ！　カッシング家のゲイは私一人しかいないと、そう思っているんですっ！　それはウソっ！　とてつもなくライアーっ！」

「だったら、いっそのことイギリスで挙式すればいい。イギリスでは、同性婚が認められてるんでしょう？　凄いねえ、英国国教会は」

「それも考えましたが、雄一は『両親に申し訳が立たない』と言って、頷いてくれません。最悪の場合……強引に……」

　チャーリーは明後日の方向を向いて力なく笑う。

「桜荘で強姦事件が起きたら、明君が黙ってないよ？　『チャーリー、見損なったぞっ！』と一生口をきいてもらえないね。それどころか、桜荘を追い出される」

　愛の戦いに敗れて久しいと言っても、チャーリーにとって明は、日本に来て初めて恋をした相手。今は「人外の妻」となっていても、彼に嫌われたくない。それどころか、大事な恋人までをも失ってしまうのだ。

実力行使に出たら、雄一は決してチャーリーを許さないだろう。

「で……ですから聖涼さん……それは……最悪の場合です」

チャーリーはもしもの世界を想像して打ち拉《ひし》がれつつも、どうにか言葉を紡ぐ。

「あなたがですね！　私にラッキーアイテムを譲ってくだされば、全ては上手くいくはずですっ！　そうともっ！　ムカつく化け物と愛らしい明が『ダーリンハニー』の間柄ならば、私と雄一は『デスティニーラバーズ』っ！　運命に導かれた恋人たちっ！」

それ、宮沢君が聞いたら「恥ずかしいことを言うな」と怒ると思うよ。

聖涼はチャーリーの不思議ボキャブラリーに目眩《めまい》を感じながら、心の中でこっそり突っ込んだ。

「私にラッキーアイテムを譲ってくださいっ！　私も『愛の媚薬』は調合できますが、ここは日本っ！　そして雄一は日本人っ！　だったら、日本のやり方で攻めるのがもっとも好ましい！　違いますか？」

そこまで自信たっぷりに言われたら、聖涼としては「そうだねえ。あはは」と答えるしかない。

彼は、天使のような微笑みを浮かべて両手を差し出しているチャーリーに、適当に頷いてみせた。

「宮沢君を思い切りその気にさせればいいんだね。……似たような効果のあるお札は、確かにあるけど」

しかしその札は、雄一に渡した札を相殺してしまう。

聖涼はちょっぴり考えた。

考えて「面白いから札を用意しよう。どっちにしろ、彼らは恋人同士だし」という結論に達する。

「じゃあ、今持ってくるから少しだけ待っていてくれるかい？」

「イエス、イエース！　いつまでも待ちますともっ！」

チャーリーはそう言って、ようやくお茶を飲んだ。


黒とピンクの二色で描かれた、ありがたいお札。

テーブルの上に乗せられたそれを、チャーリーはしげしげと見つめてから素朴な疑問を口にした。

「黒はともかく……ピンクの墨なんてあるんですか?」

「あ、それはサインペン」

「ヘイ、モンク聖涼っ! 私の今後を左右する重要なラッキーアイテムにサインペンを使用するなんて酷いっ! 酷すぎますっ!」

チャーリーは両手で頭を抱え、右を向いては「ノーッ!」、左を向いては「ノーッ!」と騒がしい。

「その声、近所迷惑なんだけど」

「近所には迷惑でしょうが、私には重大な問題ですっ!」

「あのねえ……」

聖涼は小さなため息をつき、「その文字と図柄は、誰が描いたと思ってるの?」と呟く。

「え……?」

チャーリーは恐る恐る顔を上げ、聖涼と視線を合わせた。

聖涼はいつものように穏やかに微笑んでいるが、目は笑っていない。それどころか、射抜くような鋭い視線をチャーリーに向けていた。

「海外はともかく、日本で私より強い退魔師は片手の指で足りるほどしかいないんだけど。その一人は私の父だが、寄る年波には勝てないからねえ。近いうちに、私が五本の指の中に入るねえ」

楽しそうに言えば言うほど、聖涼の目が冷ややかになっていく。

チャーリーは自分と格の違うハンターを前に、借りてきた猫のように大人しくなった。

「ははは。分かってくれればいいよ」

「これで分からなければ、私はバカです。では、このお札はありがたくちょうだいします。

ところで、無償でいただいてもいいんですか？　やはりここは、寄付を……」

「では、二百万ほどいただきましょうか。ドル払いだったら……ええと……一万七千ドル
に負けておきましょう。あ、ポンド払いでもいいですよ」

「あ、そうですか。ではポンドで」

チャーリーは素直に頷くと、ジャケットの内ポケットから小切手帳を引っ張り出す。

「……チャーリー君」

「なんですか？　小切手ではなく現金の方がいいなら、明日になりますが」

「冗談なんですけど」

「は？」

チャーリーは目を丸くして、素《す》っ頓狂《とんきょう》な声を出した。

ゲイであっても信心深く、それだけの金額をスマートに出せる立場にいる彼は、「喜捨《きしゃ》」

に文句など言わない。

だから、母国の聖職者と似た立場にある聖涼の言葉に心の底から驚いた。

「冗談ですよ。なんで私が、桜荘の住人から暴利をむさぼらなくちゃならないんですか。ははは」

「……聖涼さん」

チャーリーは頬を引きつらせて首を左右に振り、彼に振り回された自分に苦笑する。

「正直、このお札はかなり効きます。相手のことを思いながらこれを細かく刻んで、お茶葉代わりにして飲ませてください。自分が飲んじゃダメですよ？　相手に気づかれそうだと思ったら、茶葉に混ぜても構いません。ご健闘を祈ります」

聖涼は、今度は慈愛の微笑みを浮かべた。

「お茶か……。お茶は雄一に任せきりだから……いろいろと策を練らねば。しかし、ありがとうございます。あなたに神のご加護を。是非《ぜひ》とも、結果報告をさせてくださいね！」

いやいや。別に報告はしなくていいから。

そんな聖涼のしょっぱい思いも知らず、勝利の表情を浮かべたチャーリーは、札を受け取って小切手帳と一緒にジャケットの内ポケットに収める。

そして「夜分失礼しました」と礼儀正しく頭を下げて道恵寺の母屋から去った。

今日はこれ以上、面白いことは起きなくていいですからねー。

遅い風呂に入り、母屋の戸締まりを終えた聖涼は、のんびりと階段を上がって二階に向かう。二階の角部屋は聖涼の部屋だったが、それを改装して「夫婦の愛の巣」にした。

「はあ」

いつもは桃色の空気に包まれているこの部屋も、愛する妻と可愛い子供たちがいないと、明かりを点《つ》けても薄暗く感じてしまう。

空《から》のベビーベッドを見ると寂しいし、キングサイズのベッドに一人で寝るのかと思うと、非常にむなしい。

でもまあ、今日は随分暇つぶしができた。まったく桜荘の住人は、どうしてああ面白い相談を持ち込んでくるかね。

彼は眼鏡をサイドボードに置き、一人では広すぎるベッドに寝転がった。

掛け時計の針は、午前零時を指そうとしている。

「もう寝よう」

そう独り言を呟いたとき、窓ガラスに何かがぶつかった。

ぶつかる音は一度だけでなく、二度、三度と続いている。

聖涼は眼鏡も掛けずにベッドから下りると、諦《あきら》めの混じった笑みを浮かべてカーテンを引いた。

窓の外には黒マリモ、もとい、一匹のコウモリがへばりつき、小さな頭をガラスにコッコッと当てている。

その必死の仕草は、物凄く可愛い。瞳にうっすらと涙を浮かべているところも、口の中に入れてしまいたいほど愛らしかった。

「……もしかして、明君？」

聖涼の問いかけに、コウモリは何度も首を上下に振った。そのたび、窓ガラスに頭が当たる。

「ああもう。そんなに頭をぶつけたら怪我をするよ。入っておいで」

聖涼はゆっくりと窓を開けた。

コウモリは一旦離れると、彼が開けてくれた窓から部屋の中に入ってくる。

そして、大きなベッドの上に転がり落ちると、何度かバウンドした。

「まったく。相変わらず、存在が悪なほど可愛いね」

「聖涼さんっ！」

コウモリは、聖涼がさしのべた手のひらを自分の小さな両手でしっかりと摑《つか》み、彼を見上げて鼻をすする。

「エディ君と喧嘩でもしたの？　それとも、散歩中に怖いものでも見た？」

聖涼は優しい声で尋ねると、コウモリのふわふわの毛皮を撫でてやった。

その対応は、明らかに桜荘住人に対するものと違うが、長いつきあいから聖涼は明を弟のように思い、明もまた彼を兄のように慕っているので、だれも文句の言いようがない。

コウモリは聖涼に頭や顎《あご》の下を撫でてもらい、気持ちよさそうに目を細める。

「少し湿ってるのは、夜露？　それとも風呂上がりだった？」

「はい。気合いを入れて風呂に入って、出てきたと思ったら……」

吸血鬼は水が苦手。しかし明は風呂が好きなので、毎日大変な努力をして風呂に入っていた。

「そうか。明君、君の濡れた毛皮を、ほんの少しくれないか？　数本引き抜くだけだから、そんなに痛くないと思うよ。それにほら、私たちは兄弟も同然なんだし、お兄ちゃんに少しぐらい分けてくれてもいいよねえ？」

「だ、ダメですっ！」

コウモリは慌《あわ》てて聖涼から離れると、ポンと人型に変身する。

変身したのはいいが、明は全裸でベッドの上にいた。

「うわっ！　また失敗っ！　俺の着ていたパジャマはどこへいったんだ？　もうっ！」

まだまだ新米吸血鬼の明は、エディのように服を着たまま変身できない。三度に一度は、こうして全裸を晒《さら》してしまう。

「パジャマのことより、自分の格好を心配しなさい。目の前にいるのが私でなかったら、とんでもないことになっていた」

聖涼は明の体に自分のガウンを掛けた。

「え？　あ、そうか。すいません、聖涼さん」

「はいはい。で？　エディ君とどんな喧嘩をしたの？　相手をしばらく金縛《かなしば》りにしておけるお札があるけど、それを持って行く？」

「喧嘩じゃ……ないんです……」

明は、少しつり上がっている大きな瞳を聖涼に向けると、再びウルウルと潤《うる》ませる。

「あ、あいつ……っ」

「エディ君は、君が泣くほど嫌なことをしようとしたの？　それは私からもきつく言っておかないと」

聖涼は明の隣に腰を下ろすと、その肩をそっと抱き寄せた。

「……変なことばかり覚えるから、インターネット禁止にしたのに。エディのヤツ……河山さんのパソコンを使って……」

「うん」

「アダルトグッズを買ってたんですよっ！　上限なしのクレジットカードで何を買ってんだ馬鹿野郎って感じですよねっ！　しかもたくさんっ！　自分に自信がないのかって言ったら、あのやろう『自信はたっぷりある。だが俺様は好奇心旺盛だから、いろんなものを試してみてえ』だって！　ふざけるにもほどがあるっ！」

　痴話喧嘩にもほどがある。

　聖涼は頬を引きつらせて、盛大なため息をついた。

「あんな、毒々しい色をしたグッズを誰が使うってんだ、誰がっ！」

「あのね……明君」

「聖涼さんもそう思うでしょう？　伯爵様なんだから、もっと品よくしてろってんだっ！　俺はそこまで付き合わないっ！　ダーリンハニーの間柄だと言っても、それは無理っ！　絶対に無理っ！」

「少し落ち着いて」

「これが落ち着いていられますかっ！　知ってます？　最近のグッズをっ！　すっごい動

きしてましたよっ！　エディはそれを両手で持って『おーすげえ。かなり笑える動きだ』って言ってるしっ！」

　明はそのときのことを思い出したのか、顔を真っ赤にして怒鳴《どな》った。

「とにかくだね、今夜はうちに泊まりなさい。そして、エディ君が反省するのを待とう」

「ざけんな聖涼。俺様の大事なハニーは、一晩でも他人のところになんか置かねえ」

　聖涼がそう言った途端、パジャマ姿のエディが壁をすっと通り抜けて部屋に現れた。

「ったく。俺様のハニーは、なにかあるってーとすぐ聖涼のところに逃げる」

「俺が逃げるようなことをするお前が悪いっ！」

「ダーリンハニーが愛を深め合ってどこが悪い。もう、そんな悩ましい格好で大きな声を出してるんじゃねえの」

　エディは愛しさいっぱいで明を見つめると、聖涼の腕の中から彼を取り戻す。

「触るな、バカ」

「もう触ってる。んー、明はいい匂い」

「匂いを勝手に嗅《か》ぐなっ！」

「照れちゃって。可愛い」

「可愛くないっ！」

「俺様のハニーが可愛くないわけねえっての。ほら、帰るぞ」

エディは明をひょいと抱き上げた。

だが明は、今帰ったらとんでもないことになると、必死でもがく。

「……あのオモチャのこと、まだ怒ってんのか？　全部試そうなんて思ってねえし」

「ということは……少しは試すつもりなのか？」

眉間に皺を寄せて尋ねる明に、エディは乾いた笑みを浮かべてそっぽを向いた。

「この……変態吸血鬼っ！　自分の体で勝負しろっ！」

「そういうお前は、淫乱ちゃんだー」

「ここでわざわざ言うなっ！」

「まったくだよ。ここは私の部屋なんだけど」

どう見ても痴話喧嘩にしか見えない二人に、聖涼は冷ややかな声を出す。

「君たちは、超絶ラブラブダーリンハニーだってのに、どうしてこう素直じゃないんだろう」

「俺様は最高に素直だ。素直じゃねえのは明だけ」

「君のは欲望に忠実であって、素直とはまた違うでしょうに。そんな即物的な迫り方じゃ、明君だって素直になれないよ。ねえ？」

明は何度も深く頷き、エディを恨めしそうに見た。

「おい聖涼、なんでいっつも明の肩ばっか持つんだ？　まさか明のラブリーさに……」

エディは明を渾身《こんしん》の力で抱き締め「誰にもやらん」と後ずさる。

「私はね、明君が赤ん坊のころからつきあいがあるんだよ？　弟のように可愛く思ってる子が、ダーリンに無体なことをされていたら助けるでしょうが」

「あ、そ。あーそっ！　じゃあ、もうお前の出番はナシだ。俺様と明は、これから夜明けまで愛欲の時間を過ごす」

ぼすっ。

エディに抱き締められていた明は、しかめっ面のまま彼の脇腹に拳をめり込ませた。

このハニーちゃんは人間の時も強かったが、吸血鬼になってからも強い。

すっかり油断していたエディは、うめき声を上げてその場に蹲《うずくま》った。

「ダ、ダーティーハニー……っ」

「バカ。お前が悪いんだぞ、エディ。もっとこう……」

明はエディの傍《かたわ》らに膝を突くと、彼の艶《つや》やかな黒髪を撫でながら頬を染める。

「情緒のある誘い方とか、ロマンティックな誘い方を……だな、してくれれば……俺だって……。いきなりアダルトグッズを目の前に出されて『エッチするぞ』と言われたら、恥ずかしさが先に立って何もできなくなるじゃないか……」

言ってて恥ずかしいのか、明の声はどんどん小さくなり、エディの髪を撫でていた指は、その場で「の」の字を書き出した。

あーあー、はいはい、スーパーバカップル。

聖涼は心の中で容赦なく突っ込み、肩をすくめて苦笑する。

「鬼嫁なダーティーハニーが、エンジェルハニーに……」

「お前の言動次第で、俺はどうにでも変われるんだぞ？　エディ」

明はエディの鼻をつまみ、照れ笑いをした。

エディは自分の鼻をつまんでいた明の手首を摑むと、その手の甲にキスをする。

「新米吸血鬼のくせに生意気な。でも、今だけ許してやる」

ラブでスイートな二人だけの世界に、図々しく聖涼が割り込んだ。

「その続きは、是非とも自分たちの部屋でやってくれないか？　見ている方が恥ずかしい」

「す、すいませんっ！　ほら、エディも謝れっ！」

「なんで俺様が……」

「聖涼さんに迷惑をかけただろ？　はい、ごめんなさい」

明に頭を押さえられたエディは、「悪かった」と面倒くさそうに謝る。

「では俺たち、これで失礼します」

「あ、ちょっと待って。エディ君にいい物をあげよう」

聖涼は慈愛の微笑みを浮かべ、本棚から真新しい一冊の文庫本を取り出す。

紙のカバーが掛かってはいるが、それは昼間、河山が置いていったものだった。

「本？　綺麗な装丁の本なら、喜んで貰《もら》ってやる。貴族は美麗な装丁の本が大好きだ。もちろん俺様も。昔は装丁職人を雇って、きらびやかな蔵書を増やしてたんだけどよー……って、なんだこれ。軽い。カバーもただの印刷じゃねえか」

エディは本を貰っておきながら、こざっぱりした装丁に文句を言う。

「はは。今の文庫本は、みんなそういうものだ。しかし、内容は君にぴったりだと思うよ？　それを読んで、明君を誘うときのボキャブラリーを増やしなさい」

「聖涼さん……それって……フレンチ書院？」

エディが内容に感化されたら困ると、明は少々警戒した。

「んー、残念ながら違う。でも明君、よくフレンチ書院なんて知ってるね」

「河山さんから『献本が来たんだ。管理人さんにも何冊か貸してあげる』って言われて、読んでびっくり。美人姉妹や美人妻がそりゃもう大変なことに。なのに読むのをやめられなくて……思わず読破してしまいました」

「私もだよー。河山さんから十冊ぐらい借りて、一気に読んじゃった。新たな世界だったけど面白かったなー」

二人は秘密を共有する友人のような表情を浮かべ、「あはは」と笑った。

「はいはい。そしたら俺様はこの本をしっかり読んで、明をとろとろの淫乱ちゃんにしますっ！　おじゃましましたっ！」

エディは二人の間に割って入り、明を肩に担《かつ》ぐ。だが明はポンとコウモリに変身した。

「このガウン、聖涼さんのだから返します。どうもお世話になりました」

コウモリはエディの肩にしっかりとしがみつき、ぺこぺことお辞儀をする。

「んーもう！　ハニーのその格好は可愛すぎる」

エディはコウモリの綿毛のような毛皮に頬をすり寄せ、だらしない顔をした。

コウモリもコウモリで、自分からエディの頬に顔をすり寄せる。

その姿は、日本が沈没するほど衝撃的に可愛らしい。

「んじゃ、ハニー。飛んで帰るから。落ちないように俺様にしっかりしがみついてろ。分かったな？」

エディは背中からコウモリの翼を出し、今度は窓から夜空に向かって飛び出した。

「……へえ。吸血鬼ってのは、あんな風に翼も出せるんだ。マンガみたいで格好いい」

というか、あの本を読み終えた後の彼らの反応が楽しみだ。

明のことだから、とんでもないことが起きたら絶対に態度に出る。

そのとき「どうかしたの?」と話を振ってやればいい。聖涼はそう思った。

「ホント。今日は一日、桜荘の住人に振り回された」

そうは言うが、聖涼は楽しげな笑みを浮かべている。

早紀子が子供たちを連れて実家から戻ってきたら、「こんな楽しいことがあったよ」と教えてあげようっと。

夜空に浮かぶ月に、愛する妻と可愛い子供たちの姿がふわりと浮かんで見える。

聖涼は、月に向かって「おやすみ。愛しているよ」と囁《ささや》いて、そっと窓を閉めた。

比之坂明です
人外なりたて
ホヤホヤです
ただいま変身の
特訓中です
もどーる
もどーる
人型にもどーる
ブッ
ボワン
ヤッ！
でも、まだまだ
服を着たまま
人型に戻ることが
できません
あ———っっ
またハダカのまま…
しぃ
それはオレさまへの
お誘いだな？
ハニー——
よし！受けとってやるゾ！
じり…
フッフッフッ…
わ——ッ!!
そして失敗は
ダーリンの格好の
餌食に…

高月まつり スペシャルインタビュー

エディと明は、地球がなくなるまで、最強ダーリンハニーなバカップルです。

・本編完結から一年半を経ての企画本発刊、おめでとうございます！　今のお気持ちを教えてください。

うわ〜ん！　ありがとうございますっ！　本編が完結してから結構時間が経っているので、こんなステキ企画本が出るとは思ってもいませんでした。感無量。凄く嬉しいです。

・シリーズご執筆中、大変だったこと、楽しかったことは？

エッチシーンは毎回大変でした（身も蓋もない）。バリエーションとか、やってるときの格好とか、それこそ眉間に皺を寄せて真面目に悩んでました。

また、特に最終巻、シリアスにいきすぎないよう調整しながら書くのが難しかったです。

楽しかったのは、エディコウモリの愛らしさを表現するシーンです。自分でも頭がおかしいんじゃないかと思うほど、愛を詰めました。

あと、登場人物たちの漫才のような掛け合いと、心の叫び。激しい突っ込みは、書いてて凄く楽しかったです〜。

・主役のエディと明、また、脇役の聖涼やチャーリーなど、個性的なキャラはどのようにして誕生したのですか？

エディは、実物のコウモリを見たあとにキャラができました。信じられないほどすんなり生まれたキャラ（コウモリの愛らしさに心臓を鷲掴みにされていたのでしょう)。また、黒髪青目のゴージャス俺様吸血鬼は私のこだわりです。

明は、私が書く典型的な受けです。腕っ節が強い受けラブ(誰にも譲れません)。エディのキャラができると、明もすんなりでき上がりました。夫唱婦随か。

主役二人に関しては、まったく悩むことはありませんでした。まさに安産。

狂言回し兼オブザーバーとしての人間がほしいと思って作ったのが聖涼です。私が中学生のときの同級生に寺の娘がいまして、彼女の父親(住職)が凄い方だったのです。それがずっと頭の中にあって、道恵寺は退魔も行うという設定に。

聖涼さん、ある意味シリーズ最強です。にっこり笑って酷いことを言うし。エディも彼には一目置いてます。

チャーリーは……もう、チャーリーはねえ……。

ムードメーカーにしてトラブルメーカーなキャラがほしいな……と思っていたら、勝手にでき上がったキャラです。何があっても彼の「ノー!」でギャグになる。ムカつくこともあるけれど憎めない、愛すべきキャラ。自画自賛ながら、いいキャラを作ったなあと思いました(笑)。

雄一は、そんなチャーリーを唯一御せる人間として作りました。妖怪と妖怪慣れした人々の中で、人間らしいまともな反応をする人がほしかったのです。明が普通に年を取っていたらこんな感じ、と思いながら作りました。だからあえて明と同じ匂いがするキャラになったんです。

桜荘の住人が全員妖怪なのは、単純におもしろいと思ったからです。サラリーマン妖怪、バイトに励む妖怪。なんか可愛いじゃないですか。彼らにも、本編とは関係ないけれど細かい設定があるんですよ。

・一番好きなキャラは?

やっぱりエディでしょうか。それも、エディコウモリ。俺様我が儘吸血鬼がコウモリになった途端、世界一愛らしい存在に。書いた自分でも、あれは反則技だと思いました。

あ、人型エディもちゃんと好きです。

超絶美形の俺様吸血鬼、しかも伯爵様なのに、明のためならなりふり構わないってところがたまりません。

・今だから言える、『伯爵様シリーズ』の裏話などありましたら、教えてください。

　友人と東武動物公園に行った時、コウモリのあまりの可愛らしさにビックリしたこと。腹から着地をするというのも初めて見て、衝撃的だった。多分このとき、エディのキャラができたと思う。

　一作目の初稿を出した時、担当さんに「色っぽいシーンがまったく足りません」とザックリ突っ込まれたこと。物凄い細かい指示の元に改稿を重ね、「やればできるじゃないですか。これでいきましょう」と言われたときには、私は出涸らし状態になってました（笑）。

　毎回「脇キャラが出張りすぎです」と怒られたこと（笑）。特にチャーリーがね……。彼はいろんな意味で派手なので、出しゃばらないよう抑えました。

　タイトル『伯爵様は××な○○がお好き』の、××と○○に入る言葉を考えるのが大変だったこと。特に最終巻。「ゴージャスハニーがお好き」とか「ラブハニーがお好き」とかいろいろ出しましたが、かなり却下されましたね。

　登場する吸血鬼たちの名前は、わざと古くさい名前にしたこと。何百年も生きてるしね。

　クレイヴンという名が、吸血鬼映画のキャラやホラー映画の監督と同じだったこと。これはなんというか、嬉しい驚きでした。

　チャールズ・カッシングの「カッシング」は、吸血鬼の宿敵ヘルシング教授を演じたピーター・カッシングからいただきました。

　ちなみにカッシング・ホテルジャパンには、「ポリドリ」というレストランと「カフェ・ルゴシ」というカフェテリアが入ってます。ポリドリは詩人バイロンの主治医で『吸血鬼』の作者、ルゴシはドラキュラを演じた俳優の名前です。

・高月先生にとっての『伯爵様シリーズ』とは?

〝高月まつり〟という作家をみなさんに知ってもらえるきっかけとなった、エポック・メーキング……。ちょっと大げさですね、すいません(汗)。

真面目に、物凄く大事なシリーズとなりました。

素晴らしいイラストをつけてくださった蔵王さんのおかげで、エディコウモリは萌えコウモリに。いやーホント、コウモリ萌えなんて私ぐらいだと思っていたので、想像以上に支持されて嬉しかったです。

・この後、二十年後、五十年後、百年後の明とエディはどうしているでしょう?

二十年後

彼らはもう日本にはいません。明は桜荘を聖涼に託して、エディと二人でイギリスのシンクレア城で暮らしてます。でも年に一度桜の季節に戻ってきて、桜荘の桜の木の下で花見をします。

この頃の明は立派な吸血鬼になっていて、コウモリから人型へ戻っても素っ裸にはなりません(笑)。

エディは相変わらず明ラブラブで、二人でヨーロッパ各地を遊び回っては万年新婚夫婦を満喫。

そして、なんとチャーリー率いるカッシング・グループがクレイヴン家の協力者となってます。

五十年後

桜荘から持ってきた桜の枝はシンクレア城で無事根付き、僅かながら花を咲かせるようになります。

明は「ここは不思議土壌だもんな」と嬉しそうに呟き、日々庭仕事に精を出します。

エディは明に構ってほしくて、あれこれちょっかいを出しては怒られてます。でも彼的には嬉しい。

道恵寺は聖涼の息子・優涼が跡を継いでます(妖怪の血が入っているので、年を取るのが遅くて長生きなのです)。

カッシング・グループはチャーリーの子孫(従弟の孫)が跡を継ぎ、代々続く秘密の遺言通りクレイヴン家の協力者であり続けます。

百年後

「エディっ! 俺、世紀を跨いだっ! 凄い凄いっ! 吸血鬼って凄いじゃないかっ!」

明は新世紀のパーティーで、同じく初めて世紀を跨ぐアンガラドや他の若い吸血鬼たちと一緒にはしゃぎまくります。

「新世紀でも、俺たちは世界最強のラブラブダーリンハニー！」

エディは鼻息も荒く宣言。明への爆裂ラブは留まるところをしりません。

今も、年に一度日本へ戻って、桜荘の住人や道恵寺の遠山家と一緒に花見をしてます。

もちろん、日本びいきのカッシング・グループの総帥とその補佐役も一緒です。彼らの中に懐かしい面影を見つけた明は、「本当にエディの言った通りだ」と感慨深く思いました。

……とまあ、こんな感じです。

何百年経っても、エディは明が好き好きでたまらなくて、明もひたすらエディ一筋。エディは三百六十五日鬱陶しいほど愛を囁きまくっては、「あーもー、恥ずかしい！　分かってるからそれ以上言うな！」と、明に殴られてます。

地球がなくなるまで、最強ダーリンハニーなバカップルです。

・最後に、読者の方々へのメッセージをお願いします。

原作&CDはこれでラストですが、エディと明はずっと生き続けます（羨ましいことに、若いまま）。

夕方の空にはためくコウモリたちは、もしかしたらエディと明かもしれない。

近所のお寺の境内を覗けば、聖涼さんが弁天菊丸と遊んでいるかもしれない。

人混みですれ違った人たちは、チャーリーと雄一かもしれない。

そんなことを想像するとちょっぴり楽しい。

伯爵様シリーズを愛してくださった皆さん、本当にありがとうございました！

高月まつり、これからも頑張って、さまざまなお話を作っていきたいと思います。

どうも蔵王大志です。
今回、企画本ということで
僭越ながらちょこっと参加
させていただきました!!

　マンガの方ではまともな
ふたりが出てこないので(笑)
正装っぽいのを描いてみました。
「月夜のお散歩」ってところですか。
…つーか、この2人に言わせれば
ただのデート♥というものかも(笑)

ぱとろーる中だっ!!

小説

運命に従いましょう

チャーリーと雄一《ゆういち》は互いに知られることなく、聖涼《せいりょう》から「ラッキーアイテム・強力お札」を手に入れた。

しかし、それを「いつどこで」使ったらいいかに迷い、まだ彼らの手の中にあった。

カッシングホテル日本支部代表という大層な肩書きをいただいたチャールズ・カッシングことチャーリーは、高価なデスクの上で頬杖を突いてしかめっ面をしていた。

カッシングホテル内部に設《もう》けられた、イギリスらしい重厚な内装のオフィス。

ドアの向こうでは、部下たちが予約や営業、フロントと連携して顧客の要望やクレームの対処に励んでいる。

「どうしようっかなー……」

そう呟く彼に、いつも「何を悩んでいるか知らないが、まず目の前の書類を片付けろ」とさっくり突っ込むはずの雄一も、脇のデスクに陣取ったままパソコンの画面を見つめて一言も発しない。

「どうすればいいのかなー……」

片手で万年筆を弄《もてあそ》んでいた彼は、突然鳴った電話にびっくりしてそれを床に落とした。

びっくりしたのは雄一も同じ。

なぜなら、取り次ぎは必ず雄一のデスクの電話を通すようになっているのだ。

トップに直接掛かってくる電話は滅多にないので、二人は顔を見合わせた。

「旦那様か？　それとも奥様か？　とにかく早く出ろっ！　重要な電話に違いないっ！」

慌てているチャーリーに、雄一は部下ということを忘れて命令する。

「イ…Ｙｅｓ…？」

チャーリーは恐る恐る受話器を取ったが、相手の声を聞いて安堵した。

彼はメモ用紙に「クリス」と書き、そわそわしている雄一に見せる。そしてそのまま、和気藹々《わきあいあい》と話し始めた。彼はチャーリーの仲のいい親戚で、日本で言うところの従弟にあたる。

自分もよく知っている相手だけに、雄一は「相手がクリス様なら、放っておいても平気だな」と、仕事を再開した。

だが十数分後、チャーリーは電話を受ける前よりも恐ろしい顔をして受話器を置く。

神よ。これは一体なんの試練ですか…っ！

チャーリーは背後に暗雲を背負ったまま、心配そうに自分を見ている雄一と視線を合わせた。

「どうした？　チャーリー」

「ユーインが来る……」

「ユーイン？　カッシングホテル・エンターテインメント部門企画責任者のユーイン・カッシングか？　お前の従弟じゃないか。何をそう嫌な顔をするんだよ」

「ユーインはゲイだよっ！　雄一っ！　しかもオックスフォードにいたころからずっと君を狙っていたっ！」

「というと、ハートフォードコレッジにいたときから？　はは、まさか」

雄一は笑い飛ばそうとしたが、チャーリーの顔があまりに真面目なので眉を顰《ひそ》める。

「……おい、チャーリー。俺は今の今まで、一度も誰にも押し倒されたことはないぞ。当然、告白されたこともない」

「だってあの当時の雄一は私の大事な親友。あ、今は恋人ね。ココ大事。……というわけで、この私が友人として君をずっと守って来たんです」

ゲイに守られてたのかよ、俺は……。

雄一はそっぽを向いて、小さなため息をついた。

「私がずっと一緒にいたから、周りは『雄一はチャールズとつきあってるのか』と思っていた。よく考えれば、私はあの当時から献身的に雄一を想っていたんだね……」

「あのな、チャーリー。俺が押し倒されないようにしてくれたのには感謝する。だがっ！　お前が四六時中俺にへばりついていたせいで、俺は満足に彼女も作れなかったんだぞっ！」

彼女がなかなかできない、できてもすぐに振られる理由は分かってはいたけれど、改めて言われると腹が立つ。

雄一は恨めしそうにチャーリーを見た。

「んー？　でもいいじゃないか。今は私という、素晴らしい恋人がいるんだから。終わりよければすべてよしと、日本では言うだろう？」

「開き直って言うな、バカ」

「もう、雄一の照れ屋さん。しかしユーインは、今頃何をしに日本へ来るんだ？　はっ。やはり目当ては雄一？　ノオォォォォーッ！　私の雄一に指一本触れさせるものかっ！　ノーッ！　ノーッ！」

これだけ大声で「ノー」を連発すれば、普通なら隣のフロアから部下たちが血相を変えてやってくる。だが、チャーリーの「ノー」は、今やこのオフィスの日常茶飯事。風物詩。

今頃部下たちは「チャールズ代表、本日×回目の『ノー』」と、冷静にカウントしているだろう。

「お前、うるさいっ！」

「何を言ってるんだいっ！　君の貞操の危機だよ？　しかもユーインは、私と違って変態趣味を持っているんだっ！」

「俺に言わせれば、お前も変態だ」

「ノーっ！　雄一っ！　それはとっても大きな間違いっ！」

チャーリーは勢いよく立ち上がって、両手で強くデスクを叩いた。

「違うって……縄で縛ったりムチで叩いたりするのが好きなのか？　カッシング家にそんな面白い趣味の人間が…………いるんだな」

雄一は肩をすくめて笑っていたが、チャーリーの表情がまったく変わらなかったので体を強ばらせる。

「悪いが、俺は縛られるのもムチで叩かれるのも嫌だ」

「ひとついい手がある！」

「なんだ」

「とんでもない趣味を持っていても、由緒正しいカッシング家の出。ユーインは、人様のものに手を出すことは絶対にしない。だから雄一、いい機会だと思って、私と熱烈合体をしよう。私は君を縄で縛ったりムチで叩いたりしないっ！　誓うともっ！」

家柄を免罪符に使うチャーリーに、雄一はいろんな意味で目頭が熱くなった。

「……一つ聞くが、ユーイン様はどうやって他人の物か否かを知るんだ？」

「勘。ほら、カッシング家はハンターも輩出している家柄だからっ！　彼は、そういう勘だけは鋭いんだよ」

才能の無駄遣いもいいところだ。

雄一は心の中でひっそり突っ込む。

子供のころならいざ知らず、二十八歳にもなって男に襲われていては、頑張って育ててくれた両親に申し訳が立たない。この際、相手がカッシング家の一員だろうと、断固対決する覚悟を決めた。

「雄一、さっそく今夜にでも……」

チャーリーが途中まで言ったところで、再び電話のベルが鳴った。

今度は雄一のデスクに設置してある電話だ。

雄一はすぐさま受話器を取る。そして短い返事を何度かして電話を切った。

「チャーリー。今、フロントから電話があった。ユーイン様が、俺たちに会いたいそうだ」

「はあ？　ユーイン？　もう来たのかい？」

お気楽前向き性格のチャーリーは、滅多なことでは眉間に皺を寄せない。だが今の彼は、眉間に数え切れないほど皺を寄せていた。

流れるような、キラキラと輝く金色の髪。グリーンがかった青い瞳。長身の立派な体格を上品なスーツで包み、ウエイティングソファに腰を下ろしている。優雅に組んだ長い足を組み替える些細《ささい》な仕草まで絵になっていた。

スーツケースを受け取ったポーターや会話を交《か》わしたフロント係は、男女を問わず「目の保養…」とうっとりしている。

そこへ、チャーリーと雄一までやってきたものだから、綺麗物好きの宿泊客たちまで注目した。

「この時期に何をしに来たんだい？　ユーイン」

「おやチャーリー。久しぶりに会ったというのに、そういう言い方は酷いなあ」

ユーインは小さく笑って立ち上がると、彼にいたずらっ子のような視線を向ける。

チャーリーの後ろにいた雄一が「お久しぶりです、ユーイン様」と生真面目に挨拶《あいさつ》した。

「雄一っ！　しばらく会わない間に、随分と美しくなったねえ。その切れ長の瞳を見ると、ぞくぞくするよ」

俺はあなたの台詞にゾクゾクして、鳥肌が立ちました。

なんてことはおくびにも出さず、雄一は「恐縮です」とスマートに流す。

「一応ね、ここを定宿にしてあちこち観光しようと思っている。今度の企画に提出するイベントのインスピレーションを得ようと思って」

「……カッシングホテル・ラスベガスへ提出する企画かい？」

「うん、そう。期間限定のプレミア公演ならば、日本の催しもいいんじゃないかと。しかし、これ以上はここで話すことじゃないな。雄一、観光に付き合ってくれるか？」

本来なら、上司であるチャーリーの許可を得なければならないのに、ユーインは直に雄一に尋ねた。

「申し訳ございませんが、私はチャールズ・カッシングのパートナーです。観光ならば、しかるべき相手を手配させていただきます」

さすがは私の雄一っ！　そのクールさがたまらないっ！　素晴らしい！　ハレルヤっ！

チャーリーは心の中で雄一を賛美しまくり、ユーインに勝利の微笑みを見せる。

「はは。そう言うと思ったよ。じゃあ、チャーリーを十分ばかり借りるのはオーケーかな？」

「十分でしたら。では、場所をカフェに移しましょう」

そこにいるだけで絵になる男が三人、今度はのんびり「カフェ・ルゴシ」に移動した。

ホテル従業員たちはそれとなく控えめに、宿泊客たちはあからさまに、彼らの一挙一動に見惚《みと》れ続けた。

「チャーリー、雄一は本当に綺麗になったねえ。今年で二十七歳？」

「雄一は私より一つ上だから、二十八歳だ」

「あ、そうか。彼は英語を覚えるために一年遅れて学校に入ったんだっけ？」

チャーリーは軽く頷く。

カッシングホテルに引き抜かれた両親と共に、雄一は七歳で渡英した。そこでチャーリーと知り合い、二十年以上をほぼ共に過ごしてきた。

「ずっと寄宿学校だったのに、未《いま》だに誰の手あかもついていないのは奇跡だな。嬉しいよ」

「私がずっと傍にいて守っていたからね」

「親友としてだろ？」

店員が二人分の紅茶を持ってきたので、そこで彼らは一旦口を閉ざす。

「雄一は、今は私の親友ではないよ。彼は私の恋人だ、ユーイン。手を出したら呪うからそのつもりで」

偉そうに宣言するチャーリー。ポカンと口をあけるユーイン。

離れた席で彼らを観察していた雄一は、何を言っているのだろうと首を傾げた。

「おいおいチャーリー。雄一は男性経験がゼロだぞ？　この私が言うんだから間違いない。恋人同士というなら、なぜ雄一は純白のシルクのように清らかなままなんだい？」

ユーインはそこまで言ってポットを摑むと、カップになみなみと紅茶を注《そそ》ぐ。

「恋人は恋人だ。今は、最終段階の一歩手前」

「しかし、チャーリーのものにはなっていないと。だったら私が先に手を出しても文句を言うなよ？」

「……雄一がすんなり押し倒されると思うか？　顔以外の場所をボコボコにされてしまうぞ。でも、そんな乱暴なところも可愛い。マイハニ〜」

チャーリーもポットからカップへ紅茶を注ぎ、喉を潤《うるお》した。

「セックスもしていないくせに、『マイハニー』だなんてよく言うよ。チャーリー、雄一が私の物になっても悪く思うな」

「ふん。泣きを見るのはそっちだろう」

彼らは鋭い視線でにらみ合い、唇に薄ら笑いを浮かべる。

「そろそろ時間です」

雄一は二人の元へ行くと、チャーリーの肩に手を置いた。

あまりに自然なスキンシップに、ユーインはムッと顔をしかめる。

「どうかされましたか？　ユーイン様。私がコンシェルジュに観光の手配をさせますので、それまではお部屋でくつろいでいてください。……ほら、チャーリー。行くぞ」

「君となら、どこへでも！」

チャーリーは天使の微笑みを浮かべて立ち上がり、雄一の手を両手でしっかりと握りしめた。

「バカ。公衆の面前で何をする」

しかし雄一は冷静に言い、乱暴に彼の手を振り払う。

「はは。チャーリー、それのどこが恋人同士なんだ？」

「雄一はシャイなんだよ」

喜ぶユーインに、チャーリーは唇を尖らせて取り繕《つくろ》った。


ユーインがカッシングホテルに滞在して今日で三日になるが、カッシング家の一員という立場を最大限に利用して、ことある毎《ごと》に雄一を誘惑していた。

しつこい。非常にしつこい。ねばり強い性格なのがカッシング家の血なのだが、ここまで積極的に出られると、手に付いた納豆の糸よりも不愉快だっ！

雄一は、従業員トイレで必要以上に手を洗いながら、そんなことを思った。

「しかし……桜荘《さくらそう》に押しかけられるよりはマシか」

「桜荘って何？」

いきなり背中から声を掛けられた雄一は、ぎょっとして顔を上げる。

鏡の中には、自分とユーインが映っていた。

「ここは従業員フロアで、部外者は立ち入り禁止だと何度も申し上げたはず。観光はどうされたんですか？」

雄一は冷ややかな声で質問した。

「んー。つれない。チャーリーは、その君の冷たさに落ちたのか？　てっきり親友のままだと思っていたのに」

雄一はスラックスからハンカチを出しながら振り返ると、困惑した表情を見せる。

「ユーイン様。私とチャーリーの関係に、あれこれと口出ししないでくれますか？」

「恋人同士という割にはセックスをしていない。セックスをしていなければ、誰か一人のものになったわけではない。故に、私は君を誘惑する」

なんだ、その……わけの分からん三段論法はっ！

自信満々な微笑みを浮かべるユーインに、雄一はサクッと心の中で突っ込む。

「チャーリーのどこがいいの？　いいのは顔と家柄だけ。定職を持たずにヨーロッパをフラフラしていたじゃないか。今の職だって、君が力ずくで動かなければ、伯父様や伯母様もきっと、あいつにカッシングホテルを継がせることを諦めていたよ。あんなお気楽人間に仕事が勤まるかどうかも疑問だね」

チャーリーとは恋人よりも腐れ縁……もとい、親友であった期間が長いので、彼の悪口を言われると自分のことのように腹が立つ。

雄一は猛然と言い返した。

「たしかにチャーリーは、欠点が目立つ人間です。しかし、あれでもいいところはあるんです。二十年以上も傍にいれば、他人には分からなくとも私には分かるという、彼の長所は山ほどあります。それに、この俺が選んだ人間ですよ？　絶対に人生を踏み外すような真似はさせません。彼にはいずれ、カッシングホテルのトップに君臨していただきます」

「言い切った……」

「当然です」

「でも……」

ユーインは無邪気な笑顔を雄一に見せて、一歩彼に近づく。

「チャーリーの両親は、彼がゲイだと知っている。だが君の両親はどう？　人種の壁を乗り越えて、カッシングホテルのグランドマネージャー補佐となった父親と、専属通訳の母親はどう思うかなあ。いくらカッシング家と家族ぐるみのつきあいをしていても、自分の息子がカッシングホテルの跡継ぎと付き合っていると知ったら……」

彼は痛いところをついてくるが、雄一は冷静な態度を崩さない。

「驚くでしょうが、仕方がないと諦めてもらいます」

「よく言ったっ！　雄一っ！　それでこそ私のマイハニーっ！　デスティニーラバーっ！」

テンションの高い大声と共に、個室のドアが勢いよく開いた。

中から、いろんな意味ですっきりした表情のチャーリーが現れる。

「盗み聞きなんて失礼だぞっ！　チャーリーっ！」

「偶然だよ、偶然。第一、ユーインが勝手にここへ来なければ、私が盗み聞きすることもなかった。そうだよねー？　雄一～」

チャーリーは雄一に同意を求め、雄一も「そうですね」と軽く頷く。

「……やはり、卑怯な手を使うと罰が下るか。ならば正々堂々と、私は雄一に言おう。チャーリーを捨てて私と付き合ってくれ。君を幸せにする自信は山ほどある。学生の頃から、ずっと君を見つめていたんだ。この愛を君の広い心で受け止めてほしい」

ユーインの真剣な表情は、どことなくチャーリーに似ている。

けれど、似ているだけでチャーリーではない。

「私はチャーリーの相手をするだけで手一杯です。それに、私以外の誰も、チャーリーの世話はできません。したがって、申し訳ございません」

雄一はユーインに深々と頭を下げた。

「セックスをしてない仲なのに……」

「それはそれ、これはこれです」

「そうか……」

ユーインはチャーリーと雄一を交互に見ると、肩をすくめて小さなため息をつく。

「分かっていただけましたか」

「ふっ。私は君を諦めたりしないよっ！　君とチャーリーがセックスしていない以上、私はどこまでも食い下がるっ！　これからを楽しみにしていたまえっ！　では失礼っ！」

彼はすがすがしい笑みを浮かべ、颯爽《さっそう》とトイレから出て行った。

「……チャーリー」

「なんだい？　雄一」

「ユーイン様を、強制送還するいい手立てはないものだろうか」

「私とセックスすればいいんだよ。正真正銘の恋人同士になれば、彼は仕事の資料を集めてさっさとイギリスに帰る。だから、ね？　今晩……」

チャーリーは雄一の腰に両手を回し、彼の首筋にキスをしようとしたところで脇腹を殴《なぐ》られた。

「トイレから出たら手を洗え。幼稚園児でも知ってることだぞ」

「あ。ごめんごめん」

脇腹を殴られたのに痛くない。台詞はきついが口調は優しい。

雄一の照れ隠しが嬉しいチャーリーは、だらしない笑みを浮かべて手を洗った。


定時で仕事を終えたチャーリーと雄一は、予約とクレーム対応をフロントに切り替えるよう部下たちに指示し、帰路についた。

「今夜は気持ちよく眠れそうだよー。雄一のあんな熱烈な言葉を聞くことができたんだもんね！　日頃の行いがいいからだ。ハレルヤ～グロ～リア～ス」

「は？　熱烈な言葉？　俺はそんなことは一言も言ってないぞ」

「もう。シャイなんだから。いいですよー、思う存分照れてなさい。愛しているよ、雄一」

グランドフロアへと下るエレベーターの中で、チャーリーは雄一をぎゅっと抱き締める。

「バカっ！　防犯カメラ、防犯カメラっ！」

雄一は真っ赤になってチャーリーの腕を引き剝《は》がし、天井を指さした。

気をつけて行動しろと態度で示してやったのに、チャーリーはカメラに向かってウインクをする。

「大丈夫。冗談にしか見えないよ」

「……そうだといいが」

エレベーターは小さな音を立てて、二人に到着を教える。

いつもなら、雄一の運転する社用車に乗って桜荘に帰って……となるが、今日は少々勝手が違った。

ユーインがウエイティングソファにふんぞり返り、彼らが下りてくるのを待っていた。

「こりない人ですね、ユーイン様」

「ははは。君たちの愛の巣を見せてもらおうと思ってね。それぐらい構わないだろう？」

「構いませんと言いたいところですが……」

雄一とチャーリーは顔を見合わせる。

桜荘は、端から見れば男ばかりが入居している年代物のアパートだが、蓋《ふた》を開ければチャーリーと雄一を抜かした全員が妖怪、管理人とそのダーリンに至っては吸血鬼という「化け物荘」だった。

この秘密はしっかりと守っていかなければならない。

それにチャーリーは自分のテリトリーにユーインを入れたくなかったので、思い切りためらった。

「同じ部屋で暮らしてるんでしょ？」

「まさか。チャーリーの部屋には怪《あや》しげな呪いグッズが山ほど飾ってあるんですよ？　誰がそんな恐ろしいところで暮らしますか。彼は一階、私は二階です」

怖い物がきらいな雄一は、嫌悪感を隠そうともせずに言い放つ。

「それは良かった。では雄一の部屋に案内してもらいたいな。そこでいろいろと語ろうじゃないか。一晩でも二晩でも」

人の話を聞かないというのもカッシング家の血か？

雄一は困惑した表情で、チャーリーに視線を移す。

「私と雄一は明日も仕事。それに、君たちを二人きりにさせるわけがないでしょう？　雄一は私の恋人。何度でもリピートするよ」

「チャーリーは心が狭い」

「雄一が関わると、私の心は針の穴ほどの狭さになるね。愛は人を変える」

「セックスしてないくせに」

「それ以外のことは、全て体験済み。ふふん、知らないだろう。雄一の内股には二つ並んだほくろがあって、そこにキスをすると凄く可愛い声を上げるんだよ」

「私にだって、雄一に可愛い声を出させられる」

「あ、そー。でも雄一は恥ずかしがり屋だから、足を広げさせるまでが大変で……」

「恥ずかしいことを楽しそうに語るなっ！　比之坂《ひのさか》さんからオッケーが出たぞ」

彼らの会話から素早く一抜けした雄一は、携帯電話を片手に渋い表情を浮かべている。

「え？」

「ユーイン様を桜荘に案内するんだろう？　比之坂さんは『入居人にお客さんなんて、河山《かわやま》さんのところに来る編集の人以外じゃ初めてだ』と、無邪気に喜んでた」

雄一は携帯電話をブリーフケースにしまうと、「車を回してくる」と言って、駐車場に向かった。


今日の昼間はいい天気だったので、明《あきら》は日が落ちてから桜荘の庭掃除を始めた。

桜荘の名前の由来となった桜の巨木はたくさんの蕾を膨らませ、満開になる季節を今か今かと待っている。

「明。ブラッドベリーを何粒か摘《つ》んでこい！　おやつ、おやつ！」

彼のダーリンであるエディは、窓を全開にして大声で叫んだ。

「おやつなら冷蔵庫にグレープフルーツが入ってるだろ？　それを食べろ」

「飽きたー」

「贅沢を言うんじゃない。何事も慎《つつ》ましくだな……」

そこまで言ったところで、桜荘の外門に一台の乗用車が停まった。

運転手は雄一で、明に手を振っている。後部座席から下りた二人は、どちらも金髪の外国人。

「チャーリー、その人が電話で話していたお前の親戚か？　綺麗な人だなあ」

でもチャーリーの親戚だから、性格はきっと変なんだろうな。

明は竹箒《たけぼうき》を両手に持ったまま、苦笑する。

「申し訳ないね、明。君に迷惑をかけるつもりはなかったんだけど、彼がしつこくて」

「失敬だなチャーリー。私に早く、このキュートなエプロン姿の美少年を紹介してくれ」

少年じゃなく青年なんですけど。

東洋人はえてして実年齢より外見が若く見える。

明も、人間で言えば「二十五歳の成人男子」なのだが、ユーインにはティーンエイジャーにか見えないようだ。

「彼はこの桜荘のオーナー兼管理人。比之坂明さんだ。明、彼はユーイン・カッシング。私の親戚で、性癖も同じ。気をつけてね」

ユーインはチャーリーを脇にどかすと、明の右手を取って、その手の甲にキスをする。

「初めまして、比之坂明君。君のような美少年に出会えて、私はとても嬉しい。ただ残念なのは、君が既に使用済みになっていることだ。もっと早く出会えたら、君を攫《さら》ってイギリスへ帰ったのに」

使用済みって……なんですか？

明は眉を顰めて、チャーリーに目線で訴えた。

「君はもう、あの化け……いやいや、エドワード・クレイヴンとお付き合いしているだろう？　ユーインはそういうのが分かる人間なんだ」

「なんか……嫌な特技だな、それ」

「ああっ！　日本人の美少年の肌は、なんてすべすべ艶々《つやつや》。いつまでもこうして触っていたい。素晴らしい……うわっ！」

明の右手に頰をすり寄せてうっとりしていたユーインは、いきなり突き飛ばされて声を上げる。

「てめえ！　俺様の大事なハニーに気安く触るんじゃねえ！　それに明、こいつに好き勝手させるなっ！　お前は俺様の熱烈ラブハニーっ！」

明がベタベタ触られて、エディが黙っているはずがない。彼は素足でひらりと窓を飛び越え、物凄いスピードで明を抱き締めた。

「その……こういうのは慣れてないから、ちょっとびっくりして……」

「だったら俺様が、お前の手の甲に毎日チューしてやるっ！」

エディは一層強く明を抱き締めると、彼の額や頰に可愛いキスをする。

「あ、バカっ！　人前で何をするっ！　やめろって……っ！」

そこに、駐車場に車を停めてきた雄一が現れ、エディが明の「愛の鉄拳」を受けるシーンに出くわした。

「それにしても失敬だな、君は。人を突き飛ばしておいて謝罪をしないとは」

腰に手を当てて威張るユーインを、エディは尊大な視線で見つめる。

「ふーん……、すまなかったな。俺様はクレイヴン伯エドワード。『アール・オブ・クレイヴン』。正式名は長ったらしいから省略だ」

伯爵様は通常「カウント」だが、イギリスでだけ「アール」と呼ばれる。エディは自分がどこ出身の貴族かをわざわざ教えてやった。

「イギリス貴族が、このアンティークなフラットに住んでいると……?」

「おうよ。ここは俺様のハニーが大事に守ってる場所だから、一緒に住んでるんだ」

エディはちらりと牙を見せて笑った。

「そうですか。こちらの美少年がクレイヴン伯爵のパートナーとはつゆ知らず、失礼をいたしました。ではチャーリー、君たちの部屋を見せてもらおうか」

ユーインはエディに深々と頭を下げると、雄一の腕を掴んで桜荘の中に入っていく。

「はっ! 雄一は私の大事な恋人っ! ユーインっ! 勝手に触ったら呪うよっ!」

慌てて彼らを追いかけるチャーリーの背中を見つめ、明は小さなため息をついた。


「ここは……物置? いや、広さで言ったらバスルームか?」

ユーインはチャーリーの部屋に入った途端、明が聞いたら憤慨しそうなことを呟いた。

「日本人は、狭い空間を有効活用するのが上手いのです」

ムッとしたのは雄一も同じで、彼はお茶の支度《したく》を調《ととの》えながら桜荘をフォローする。

「なるほど。あ、雄一。私も手伝うよ」

ユーインは雄一の背中にぴったりと張り付き、彼の腰に手を回した。

「ユーインっ！」

尻に生暖かなものを押しつけられた雄一は驚き、チャーリーは目を三角にして叫ぶ。

「ああ、この腰回りっ！　抱き締め甲斐があっていいっ！　いい匂いがするね、雄一。トワレのメーカーを教えてくれないか？　私も君と同じ物をつけよう」

「ギャーッ！　勝手に匂いを嗅ぐなっ！」

「だーもーっ！　雄一から離れろっ！」

図体のでかい男三人が、狭いキッチンで絡《から》み合う。

チャーリーはユーインのスーツを掴み、雄一から引き剝がそうと渾身の力を込めた。

「雄一の体は私のものだっ！　ホテルに戻ってスイートルームで愛の時間を過ごそうっ！」

ユーインの右手が、スラックスの上から雄一の下肢を掴む。

「このっ！　体が目当てなのかっ！」

「違う違うっ！　まずは体だよっ！　気持ちは後からついてくるっ！　日本人は情に篤《あつ》い人種だろうっ！　チャーリーから聞いたことがあるっ！」

「チャーリーっ！　ふざけたことを教えるなっ！」

「ノーッ！　雄一ノーッ！　私はそんなことを言った覚えはなーいっ！」

「どうでもいいから、俺から離れろーっ！」

この野郎っ！　チャーリーが引っ張ってるのに離れやしないっ！　一度嚙《か》み付いたら雷が鳴るまで離さないスッポンかっ！　何か……何かいい手段は……っ！

このままでは、「私の恋人にっ！」と逆上したチャーリーが、アパートの一室を惨劇現場にしてしまう。そうなったら、オーナー兼管理人の明に申し訳が立たない。

雄一はうめき声を上げながら、ユーインの手を阻止しようと両手で股間を押さえる。

そのとき、スラックスのポケットに「ラッキーアイテム」を入れっぱなしにしていたことに気づいた。

チャーリーに渡すタイミングを失っていた、「精力減退のありがたいお札」。

自分が渡した相手なら、チャーリーでなくとも効くはず。だって聖涼さんの作ったお札だからっ！

雄一はそう確信すると、やっとの思いで小さな札の入った白シルクの小さな巾着袋を取り出し、もがく振りをしてユーインのジャケットのポケットに突っ込んだ。

その途端。いきなり力の抜けたユーインは、渾身の力で彼を引っ張っていたチャーリーと共に部屋の隅に吹っ飛んだ。

「チャーリーっ！　大丈夫かっ？」

雄一は札の効果に感心するよりも、壁と激突したチャーリーを心配する。

「というか、お前らが大丈夫か？」

玄関から呆れた声が聞こえた。

雄一が恐る恐る振り返ると、そこには言葉を発したエディと、明に河山、バイトから戻ってきたばかりの伊勢崎《いせざき》と曽我部《そがべ》が、しょっぱい表情を浮かべて立っていた。

「乱交パーティーなら、ホテルの一室を使った方がいいですよ。ここだと声がダダ漏れです。あはは～」

のんきな河山の台詞に、雄一は真っ赤な顔で体を強ばらせ、チャーリーは「ノー、誤解です～」と首を左右に振る。

「いい年をした大人、しかも立派な体格の男が複数で暴れたら、桜荘の壁が壊れます。勘弁してください。しかもいつもは冷静な宮沢さんまで一緒になって……。あなたはチャーリーより年上でしょう？」

比之坂さん。この場合、年上や年下は関係ありません。

しかし雄一は反論できなかった。乱交パーティーは誤解だが、三人で暴れたのは事実。

「………も、申し訳、ありません」

雄一はその場に正座して、明に深々と頭を下げる。

「雄一っ！　謝るのは君じゃないっ！　ユーインだっ！」

「誰が……謝るって……？」

チャーリーと共に壁に吹っ飛んだユーインは、激突した後頭部を押さえながらゆっくりと起きあがった。

「物凄い衝撃が走った。いったい何が起きたんだ？　おや、この大人数のギャラリーは？」

自分が騒ぎを起こしたくせに、ユーインはきょとんとした顔で、玄関にたむろしている人々を見る。

「ユーインっ！　君がすべての元凶だっ！　君が私の雄一に手を出さなければ、こんな騒ぎにはならなかったっ！　私と雄一が桜荘から追い出されたら、どう責任を取るっ！」

「……カッシングホテルへ行けば？　ここはバスルームほどの大きさしかないじゃないか」

彼の言葉に明はムッとし、エディは「言われればそうだな」と苦笑する。

河山や伊勢崎、曽我部は「バスルームって、どこのバスルームだろう」と微妙な表情を浮かべた。

「桜荘をバカにしないでもらいたいっ！　ここは素晴らしく住み心地のいい、狭いながらもステキなスイートホームっ！　君はもう、さっさと帰りたまえっ！」

「そうだな。なぜか体がだるい。だんだん気力が萎《な》えてくる。今はなにもせずに、ホテルに帰ってぐっすり眠りたい気分だ……」

ついさっき部屋に入ったばかりのユーインは、片手で優雅に髪を掻《か》き上げると、深いため息をついて玄関に向かう。

彼はフラフラしながら靴を履《は》き、チャーリーの部屋から出て行った。

凄い。あんな小さなお札なのに、ここまで威力を発揮するとは。聖涼さんは、本当に凄い退魔師なんだ……。

ユーインのテンションダウンの理由を知っている雄一は、心の中で聖涼に手を合わせた。

仲裁に入らずにすんだ住人たちは、エディと明を残して自分の部屋に戻っていく。

「お前らな、痴話喧嘩もたいがいにしろよ？　ヘタレハンターが、雄一をちゃんと摑まえてねえから横からちょっかい出されたんだ。こういう頑固タイプは、最初は多少強引に迫った方がいいの。そんなことも分かんねえとは、さすがはヘタレハンター」

「化け物が、私にあれこれ教授するなっ！　ロザリオを出すぞっ！　滅べ、吸血鬼っ！」

「こら、冷静になれ。比之坂さんまで滅ぶ」

雄一の言う通り、ロザリオという単語を聞いた明は、エディの後ろに隠れてしまった。

「明は吸血鬼になってから、まだ日が浅い。俺様のラブリーベイビー吸血鬼を怖がらせるようなことをすんじゃねえ」

「……ええと、宮沢さん。騒ぎも収まったようですので、俺たちは帰りますね。ほら、エディ。部屋に帰ってブラッドベリーを食べるぞ」

明はエディの背中から顔を覗《のぞ》かせる。

「おう。その後は、いつものエロエロだな？　今日はどんな格好でやろうか？」

明は笑顔でエディの背中に渾身の一撃をお見舞いすると、苦痛に顔をゆがめて呻く彼を引きずるようにして、チャーリーの部屋から出た。

「……雄一」

チャーリーはあぐらをかいてネクタイを緩めると、まだ顔が赤い最愛の人に声を掛ける。

「なんだ」

「ユーインの急変なんだけど……。君はもしかして、聖涼さんのお札を使ったのかい？」

なぜ分かった。

雄一は正座をしたまま目を丸くすると、しばらくチャーリーを見つめてからぎこちなく頷いた。

「やっぱりね。ハンターはハンターを知る。たとえレベルが違っていても、それくらいは分かるよ。そして、もう一つ質問なんだけど、なぜ君が聖涼さんのお札を持っていたの？」

「お前がいつでもどこでも迫ってくるから、どうにかしたいと思っていた。だから聖涼さんに相談して、お前の精力が減退するお札を貰った。それが、こんなところで役に立つとは思わなかった……って、チャーリー。どうしたんだ？　おい」

　チャーリーは「ノオォォォ〜」と力なく呟きながら、畳の上に寝転がる。

「酷い。酷いよ雄一。恋人同士だからこそ、いつでもどこでも触れたいと思うんじゃないか。それなのに君は……。精力減退を通り越して、私が不能になったらどうするつもりだったんだ？」

「安心しろ。お前がインポになったぐらいで別れたりしない。そんな半端な気持ちでお前の恋人になったつもりはないからな」

「まあ、男らしい発言。でも私の男としての存在意義はなくなってしまうね。ははは。可哀相なチャーリー」

　自分で自分を可哀相というと、物凄く可哀相に聞こえる。

　だがその言動はどこかユーモラスで、雄一は思わず笑ってしまった。

「ますます酷い…………お茶でも飲もうかな」

　チャーリーはため息をつきながら起きあがり、狭いキッチンに向かう。

「お茶なら俺が……」

「君には迷惑を掛けたから、たまには私が入れるよ。テーブルの用意をして待っていて。押し入れにビスケットが入っているから、それを出してくれると嬉しい」

雄一ほどではないが、チャーリーも「十分旨い紅茶」を入れることができる。

そして数分後、怪しいグッズ満載のチャーリーの部屋は、紅茶のいい香りで満たされた。

「今夜の食事はどうしようか？　なんか……食べる気がしないんだけど」

「俺もだ。明日の朝、少し早くここを出て、ホテルでフル・イングリッシュの朝食をとろう。朝食を大量にとる分には、体重や体型を気にしなくてすむ」

「はは。そうだねえ。……はい、紅茶をどうぞ」

精神的疲労に見舞われたときは温かくて甘い物がほしくなるのか、雄一は角砂糖を三つ入れて、ティースプーンで丁寧にかき回したあと、ゆっくりと紅茶を味わった。

「結構旨くできてるぞ。エディさんは文句を言うかもしれないが、比之坂さんは喜んで飲みそうだ」

いつもなら、エディのことを口にすると怒るが、今のチャーリーは違った。

彼は、空になった雄一のカップに二杯目をたっぷりと注ぎながら、ぎこちない笑みを浮かべる。

「ねえ雄一」

「ん？　どうした？」

「実は私も、聖涼さんからお札を貰っていたんだよ」

二杯目はミルクティーと、温めた牛乳をカップに注いでいた雄一の手がぴたりと止まる。

「ほら、雄一は私と最後までしてくれないだろう？　だから、相談に行ったんだ。そして、雄一と熱烈合体できるお札を貰った」

チャーリーは「えへっ」と肩をすくめ、必要以上に紅茶をかき混ぜている雄一に笑いかけた。

「でも私が貰ったお札は、貼ったり身につけたりする物でなく……」

雄一はそっぽを向いてミルクティーを飲んでいるが、チャーリーは構わず話し続ける。

「お茶にして、お札のエキスを飲むタイプだったんだっ！」

言ったが早いか、雄一は飲んでいた紅茶をチャーリーに向かって吹き出した。

「お、お、お、お前っ！　まさか……っ！」

「うん。そのまさか。雄一が飲んだ紅茶の中には、その……ありがたいお札のエキスがたっぷりと……」

チャーリーはティッシュで自分の顔やテーブルを拭《ふ》きながら、激怒した雄一がいつ攻撃してきてもいいように、逃げる体勢を整えた。

「チャーリーっ！　俺は自分が貰ったお札を、ユーイン様撃退に使ったというのに、お前は素直に俺に使ったのかっ！　恩を仇《あだ》で返すとは、このことだっ！」

案の定雄一は、素早く右手を伸ばしてチャーリーのスーツを摑むと、そのまま乱暴に揺さぶった。

「即効性だって。……最初は体が熱くなって、心臓がドキドキして、少し触っただけで敏感になってしまうそうだ」

聖涼はそんなことは一言も言っていない。

だがチャーリーは、雄一を大人しくさせるためにわざと言った。

「即効性……？　そんな……。薬でやる気を起こさせられても……俺は……」

雄一の顔はポッと赤くなり、瞳は潤んできた。

チャーリーの右手でそっと頰を撫でられると、ぴくんと小さく震えてしまう。

「愛しているよ、雄一。君の何もかもが欲しい」

「そんな……ダメだ……チャーリー」

「恋人同士なら、いずれは通る道なんだから。少しも怖いことはない。うんと優しくしてあげる。だから君は、私にすべてを任せておけばいい」

チャーリーの指は、雄一の頰から顎、そして首筋に掛かり、ゆっくりとネクタイを外していく。

「ダメだって……そんなこと……」

「みんなしていることだ。明の可愛い声を聞いたことがあるだろう？　気持ちよさそうに喘《あえ》いでた。君も同じように、気持ちのいい声を出すんだ」

優しく諭《さと》す声が、耳に心地いい。

チャーリーのスーツを乱暴に摑んでいた手から次第に力が抜けていき、気がついたら雄一は、彼にすがっていた。

「私はもう、十分待ったと思うけど？」

「そんなことを言われても……困る」

心臓がドキドキする。

チャーリーの声を聞くたびに体の中が熱くなり、そっとスーツ越しに体に触れられるともどかしくて泣きそうになった。

「愛してる。私には君だけだ」

チャーリーはゆっくりと雄一を押し倒し、彼の震える唇に自分の唇をそっと押しつける。

ついばむようなキスが深く激しいものに変わるのに、そう時間は掛からなかった。

雄一は喜んでチャーリーの舌を自分の口腔《こうこう》に招き、唇の端から唾液が滴《したた》るまで甘いキスを交わした。

「ん……っ」

鼻で息をする暇もない激しいキスは長く続けられず、二人は一旦唇を離し、照れ笑いを浮かべながら呼吸を整えた。

「雄一の体中にキスをしたい」

「バカ……、俺は……風呂に……」

キスでうっとりしながらも、現実的なことをいうのが雄一らしい。

チャーリーは「ちゅっ」と雄一の頬にキスをして「一緒に入ろう」と、彼の耳に囁いた。

チャーリーは背中から雄一を抱き締め、ボディーシャンプーの柔らかな泡で彼の体を愛《あい》撫《ぶ》する。

立ったままこういうことをするのは初めてで、雄一の体は緊張と快感に強ばった。

「洗って貰うのは気持ちがいいだろう？　感じてしまったら声を出してもいいんだよ？」

チャーリーの指に小さな乳首を捉《とら》えられ、指の腹で優しく円を描かれる。

雄一は低く掠《かす》れた声を上げて、快感と羞恥に目尻を真っ赤にした。

「だめだ……そこばかり……」

「どうして？　可愛い乳首じゃないか。あとでここをたっぷりと可愛がってあげる。雄一は、ここを揉まれながら乳首を嘗《な》められるのが好きだろう？」

「あ……っ……いやだ……っ」

チャーリーの左手がするりと下りて、クリームのような泡にまみれた雄一の袋を優しく揉み出す。

乳首と袋を同時に、しかも立ったまま優しく弄《いじ》られ、雄一は甘い声を発した。

自分でも、こんな場所に快感があるとは思わなかった。

全部、チャーリーの愛撫で暴《あば》かれた場所だ。

「だめ……も、やめて……くれ……っ」

「私の前で恥ずかしがることはないんだよ？　雄一。君の美しい体が快感に染まっていく姿を見たいんだ。こんな風に悶《もだ》えてくれるのは、私の前でだけなんだから。もっと挑発してくれ。可愛い声でなんでもねだって」

指の愛撫だけでなく、言葉による愛撫も忘れない。

雄一は頭の中まで快感で蕩《とろ》け、喉を反《そ》らして喘いだ。

体中、どこもかしこもチャーリーの指で探られ、快感を引きずり出される。

雄一の、淡い色の雄の先端からは透明な蜜がとろとろと溢《あふ》れ、彼が切なげに体をよじるたび、ねっとりとした雫《しずく》となってタイルに落ちた。

「ん……っ……チャーリー……早く……早く……弄って……くれ……っ」

乳首と袋への愛撫で十分高まった雄一は、射精を堪《こら》えるのが辛くて、自分から腰を突きだしてねだる。

「そんな風にいやらしく誘われたら、私も我慢ができない」

チャーリーは雄一の耳を優しく噛んで、自分の猛ったものを彼の尻の谷間でスライドさせた。

「あ、あ……っ……そこは……まだ……っ」

挿入行為を連想させる動きに、雄一は顔を俯《うつむ》かせて首を左右に振る。

初めてなんだから、優しくしてくれ。

喉まで出かかった言葉を辛うじて飲み込み、羞恥心で体を朱に染めた。

「大丈夫。怖がらないで。私は君を感じさせたいだけだ」

チャーリーは、雄一に雄の形を覚え込ませるように指で何度も辿《たど》ったあと、蜜を溢れさせている縦目を指の腹で撫で回す。

「あっ、あ……っ、チャーリー……俺……っ……イク……っ……」

「見ていてあげるからイッてごらん。君は、私に見られながら射精するのがとても好きだよね。オフィスで可愛がってあげたとき、いつもより欲情していたのを覚えている」

「バカ……そんなこと……忘れろ……っ……んぅ……っ……あ、だめだ、だめだ……チャーリーっ！　もう……っ！」

射精する瞬間、チャーリーの指が一本、雄一の後孔を貫いた。

いきなり後孔を貫かれた雄一は、音にならない声を上げ、体を震わせながら何度も射精する。

その射精は、体中の性感帯を同時に責められたような激しい快感を伴った。

雄一はチャーリーに支えられても立っていることができず、タイルの壁に両手をつく。

彼の雄の先端からは、白濁とした蜜が糸を引いていつまでも流れ続けた。

「やだ……チャーリー……俺……立ったままじゃ……」

「怖いことはしないよ、雄一。ここには、指が一本しか入っていない」

チャーリーは左手で雄一の腰をそっと摑み、彼の後孔を貫いている指を動かし始める。

未貫通の体には指一本でさえ辛いのに、それを動かされてはたまらない。

「ば…バカっ！　動かすなっ！　動かすなってっ！」

「慣れるまでは少し苦しいけど、一旦慣れてしまえば楽になるから。もう少し我慢しようね、雄一。愛してるよ」

チャーリーにある一点を突かれた途端、電流のような快感が背筋を走る。

乳首や性器を愛撫されたときとはまったく違う、射精を強制されるような乱暴な快感。

こんな、目のくらむような快感は今まで感じたことがない。

「ああチャーリー……体が……変だ……っ」

「今度は二本入れたよ。君の可愛いここは、私の指を締め上げて離さない。何本入るか、試してもいいかい？　君のここはとても熱くて、私を絶え間なく欲情させる」

後孔に二本の指を飲み込んだ雄一は、いやらしい指の動きに快感の涙をこぼす。

チャーリーは雄一の涙を唇で受け止め、彼の腰を支えていた左手をするりと前に移動させた。そして、腹に付くほど硬く勃起している雄一の雄を優しく撫でてから、ゆっくりと袋を揉み始める。

「あ……っ……」

「ここを弄ってあげるから、慣れるまで少し我慢してね」

「んっ……ああ……っ……チャーリー……」

凄く気持ちがいいのに、袋を揉まれて感じてしまう自分が恥ずかしい。

雄一は甘ったれた声でチャーリーの名を呼びながら、ぎこちなく腰を揺らす。

「後ろはどう？　もう、苦しくないだろう？」

「平気……っ……気持ち……いい……っ」

チャーリーの指は既に三本入っているが、苦痛や恐怖よりも快感が勝った雄一は気づかない。それどころか、彼の指の動きに合わせて積極的に動いた。

「これくらいで大丈夫かな。シャワーで泡を落として、続きは布団の中だ。それでいいね？」

ゆっくりと指が引き抜かれる。

後孔を貫くものがなくなって楽になったはずなのに、雄一は物足りなさを感じた。

チャーリーは、雄一のどこか不満げな表情を見逃さない。

彼は微笑みながら雄一の頬に軽くキスをして、熱いシャワーを浴びた。


セックスの時に甘い言葉を囁き続けるのは、外国人なら当然なんだろうか。でも凄く気持ちよかった。安心できた。あいつがあんな風に優しくなるとは思ってなかった。今度比之坂さんに「外国人ダーリン」のことを聞いてみよう。いやまて、あの人に聞いたら真っ赤な顔で俯いてしまう。それは気の毒だから、エディさんに聞くのがいいかもしれない。

これからめくるめく官能の世界を堪能するというのに、雄一はどこかズレたことを思っていた。

「雄一、おいで」

ふかふかの布団に洗い立てのシーツ。

チャーリーは雄一の手をさっと掴んで、少々もったりした布団の海に押し倒す。

「安心して私に任せなさい」

「わ……わかった……」

二人はゆっくりと顔を近づけ、甘いキスを何度も交わす。

明かりが点きっぱなしということも、アパートの壁は薄くて声が筒抜けになってしまうことも、今の雄一にはどうでもよかった。

恋人が与えてくれる快感を早く享受したい。

「キスだけで感じた？　それとも、キスをする前からこうなっていたの？」

腰に巻いていたバスタオルはすぐさまはぎ取られ、雄一は蜜を垂らした雄をチャーリーの目に晒す。

「キ……キスをする……前から」

「私に愛撫されるのを、ずっと待ってた？」

「待ってた……」

「愛しているよ、雄一。マイスイート。君の体中にキスをさせてくれ」

優しいキスが、文字通り雄一の体中に降り注いだ。

額から始まって、目尻や頬、唇。顎に首筋。

チャーリーのキスは羽毛のようにふわりとしていて、雄一を幸福な気分にさせる。

足の甲にまでキスをされた雄一は、頬を上気させて彼の名を呼んだ。

「チャーリー……焦《じ》らさないで……気持ちよくしてくれ」

雄一は自分から足を大きく開き、「ここ……」と両手で性器を包む。

チャーリーは嬉しそうに微笑みながら彼の求めに応じた。

自分から誘ったとはいえ、舌や指先で散々焦らされた雄一は、許容以上の快感に翻弄《ほんろう》されて泣きじゃくるしかなかった。

「頼むから……チャーリー……っ……もう……やめてくれ……っ」

雄を口に含まれ、左手で袋を転がすように揉まれつつ、右手で後孔を何度も貫かれた。

感じる場所を三カ所同時に責められた雄一は、高みに上げられては突き落とされ、射精できない辛さと、体中を駆けめぐる嵐のような快感に耐え続けている。

「いや……いやだ……っ……乱暴しないって……言ったくせに……っ」

「これは乱暴なんかじゃないよ、雄一。もっと感じて。たがを外して。私の前で、いやらしく身悶えてくれ。難攻不落のスーツの下に、こんなあでやかな体を隠していることを、もっとよく私に教えてくれ」

「も……だめだって……そんなことされたら……俺……っ」

緩やかに扱《しご》かれた雄から、くちゅくちゅと粘りけのある音が響く。

雄よりも敏感に感じる袋は、チャーリーの大きな手のひらで転がされた。チャーリーの愛撫に慣れれば、ここを揉まれるだけで達するようになってしまうかもしれない。

三本の指に犯されている後孔もそうだ。

器用なチャーリーの指は、雄一の射精を三本の指でコントロールしている。

「チャーリー……もういいから……俺を……」

雄一は両手を伸ばして、チャーリーの豊かな金髪をかき回す。

「抱いてくれ。お前と……一つになりたい。……どこにも逃げたりしないから……もう、焦らさないでくれ。お願いだ……」

愛する人にここまで言われて、まだ焦らそうとする男はいない。

チャーリーは雄一の言葉に感動し、彼の体を乱暴に抱き締めた。

「愛しているよ。本当に、愛してる。ああもう、なんて可愛いんだ！　私の雄一はっ！」

「早く……我慢できない」

雄一は初めてだというのに、チャーリーの腰に自分の足を絡めて腰を浮かす。

「ゆっくりね。時間をかけて……一つになろう」

チャーリーは甘く囁いて、雄一の耳にキスをした。


朝から曇りで素晴らしい。

長袖Tシャツにジーンズという、いつもの格好で外に出た明は、曇り空を見上げて元気よく伸びをした。そして、大きなあくびを一つする。

「あー……寝不足だ。ブラッドベリーを摘んだあとに、もう一眠りしようかなあ」

「グッモーニンっ！　明っ！　ああ、なんてすがすがしい朝だろうっ！　思わず賛美歌を歌いたくなるねっ！　ハレルヤ〜っ！」

独り言を呟く彼の背中に、いつも以上に元気のいいチャーリーの声が掛かった。

「近所迷惑だぞ？　チャーリー……って、いつもより出勤時間が早いんじゃないか？　まだ七時だぞ？」

「ふっふーんっ！　雄一と二人で、ホテルの朝食を食べるのでーすっ！　二人で過ごす朝のひととき、会話はほとんどないけれど、心は通じ合っているっ！　それこそ、真のデスティニーラバーズっ！」

「チャーリー、お前は黙れ。比之坂さん、おはようございます。昨日はお騒がせして……」

スーツ姿の雄一がチャーリーの後ろから顔を出した途端、明の顔が真っ赤になった。

「比之坂……さん？」

「あ、ああ、そうだな、本当に夕べは……その……お騒がせでしたねっ！　って、俺にそれ以上言わせないでくださいっ！」

明は雄一の顔を見ていられずに、ブラッドベリーも摘まずに桜荘に猛ダッシュした。

「んー？　明は一体どうしたんだろう。イチゴみたいに真っ赤になっちゃって。何か恥ずかしいことでもしたのかな？　雄一」

チャーリーはのんきに首を傾げたが、いち早く察した雄一は、明と同じように顔を真っ赤にしている。

「雄一、顔が赤いよ？　風邪かい？　だったら大変だっ！　すぐ病院に行かないとっ！」

「ふざけたことを言うなっ！　俺たちが昨日の夜にしたことは、もう既に入居者全員に知れ渡ってしまったんだぞっ！　桜荘の壁が薄いのは知ってるだろうがっ！　何もかもお前のせいだっ！　俺に変なお茶を飲ませたから……っ」

「あー……あれね。あれは嘘。私も散々悩んだが、他人の力を借りて雄一と熱烈合体しても、それは本当の合体じゃない。だから、雄一が飲んだのは、ただの紅茶だよ?」

雄一は唖然《あぜん》として、チャーリーを凝視した。

「雄一って、暗示に掛かりやすいんだね。それらしいことを少し言っただけで、その気になっちゃった。でも、昨日の君はとても素晴らしかったよ?　心の底から愛してる」

「………別れる」

雄一は、うっとりしているチャーリーに掠れ声でそう言うと、駐車場に向かって走った。

あのバカ。俺が飲んだのはただの紅茶だと?　俺は、どこにでもある紅茶一杯で、その気になったって言うのか?　もうバカっ!　俺のバカっ!　チャーリーのバカっ!

雄一は走りながら、心の中で自分とチャーリーを罵《のの し》る。

「お仕置きが必要だぞ、チャーリー……っ!」

少なくとも一週間、いや十日は、絶対にセックスさせない。そうだとも、絶対にっ!

雄一がそんな決意をしているとは知らないチャーリーは、必死に雄一を追いかける。

「でもこれで、ユーインに迫られることはなくなったろう?　雄一は、正真正銘私のものになったんだからっ!　もう!　待っておくれよ!　雄一っ!」

チャーリーは情けない声を張り上げて、恋人の名を必死に呼び続けた。

伯爵様シリーズ紹介

おまえは俺の
愛しい……ゴハン。

伯爵様は不埒な
キスがお好き♥

「桜荘」の管理人・明が飼いはじめたコウモリは——実は吸血鬼だった!　クレイヴン伯エドワードと名乗るその魔物は、明を気に入りそこに住みついてしまい……!?　最高におかしな吸血鬼ラブコメディ♥

貴族流の愛し方を、
教えてやろう

伯爵様は危険な
遊戯がお好き♥

吸血鬼エディと結婚(!?)し、やっと変態プレイにも慣れた明に、新たな魔の手が忍び寄る!　二人の愛は、明の貞操は、そしてあのぷりちーなコウモリは!?　吸血鬼コメディ第2弾!

伯爵様シリーズ紹介

吸血鬼のお城で、
極上のハネムーン♥

伯爵様は秘密の果実がお好き♥

吸血鬼エディの祖国イギリスへ、明は花嫁としてお披露目に行くことに。城では吸血鬼たちに「餌」呼ばわりされ、エディの親族も大騒ぎ！　さらに明は秘密の果実を口にして、体が淫らに熱くなってしまい――!?

これが吸血鬼の
……愛の誓い方だ。

伯爵様は魅惑のハニーがお好き♥

エディに愛を誓った明だが、実はある大きな悩みを抱えていた。吸血鬼になるか、人間のままでいるか――。果たして明の出した答えは!?　吸血鬼ラブコメディ、感動の完結編！

永遠の愛を誓う♥ 伯爵様ドラマCDシリーズ!!

クレイヴン伯エドワード（エディ）…杉田智和 ♥ 比之坂 明…鳥海浩輔
遠山聖涼…子安武人

『伯爵様は不埒なキスがお好き♥』
¥3,000(税込)／2005年2月23日発売

チャールズ・カッシング（チャーリー）…伊藤健太郎
安倍早紀子…荒木香恵　河山…大西健晴
大野…渡辺英雄　曽我部…石塚 堅
伊勢崎…大里雅史　鈴木紀子

『伯爵様は危険な遊戯がお好き♥』
¥3,300(税込)／2005年8月24日発売

チャールズ・カッシング（チャーリー）…伊藤健太郎
宮沢雄一…緑川 光　ジョセフ・ギルデア…遠近孝一
河山…大西健晴　大野…渡辺英雄
橋本…冬野 真

『伯爵様は秘密の果実がお好き♥』
¥3,000(税込)／2005年12月21日発売

ステファン・クレイヴン…中田譲治
ギネヴィア・クリス・クレイヴン…松井菜桜子
マリーローズ・グラフィド・モンマス…藤原美央子
アンガラド・モンマス…こおろぎさとみ
鶴岡 聡、中村悠一、織田芙美

『伯爵様は魅惑のハニーがお好き♥』
¥3,300(税込)／2006年4月20日発売

チャールズ・カッシング（チャーリー）…伊藤健太郎
宮沢雄一…緑川 光　遠山早紀子…荒木香恵
遠山高涼…広瀬正志　遠山聖子…浅井晴美
ギネヴィア・クリス・クレイヴン…松井菜桜子
河山…大西健晴　大野…渡辺英雄
曽我部…石塚 堅　伊勢崎…大里雅史

企画:プラチナ文庫／モモアンドグレープスカンパニー
発売元:バナナジュースカンパニー

小説

ロマンティックは難しい

病気で伏せっている母の為、村の蔵から一握りの小豆と米を盗んだ。

彼は自分の罪よりも、母に旨いものを食べさせてやれたことを喜んだ。

たとえ自分が、「お山様」へ捧げる供物になってしまっても。

『毎年、迎え盆の夜、お山様に捧げものをしなくてはならない。それは、人でなくてはならない。若ければ若いほど、お山様は喜ばれる』

明治の声が聞こえて数年が経とうというのに、この村には忌《い》まわしい人身御供《ひとみごくう》の習慣があった。

「お山様」信仰は、山の恵みを受け取る彼らにとってなくてはならないものだった。

今年は籤《くじ》を引かなくてすんだ。

取り囲む村人たちは、自分の身内を「お山様」に捧げなくてすむと、心の中で安堵した。

誰も、この習慣に異を唱えることはない。唱えたら最後、恐ろしい災いが降りかかる。

過去に、籤引きで当たりを引いたが娘を捧げるのを拒んだ家があった。だが迎え盆の翌日、全員事切れていた。生まれて数カ月の赤ん坊でさえ例外ではなかった。致命傷はどこにもなく、みな惚《ほう》けた顔で虚空を見つめていた。唯一発見できた傷は、首にポツリと開いた、穴が二つ。

「お山様」が怒ったのだ。

素直に娘を差し出していれば、みな殺しにされることはなかったものを。

町から役人が来て「殺人事件」を調べようとしたが、村人たちは農耕具を振り上げて役人を追い払った。これは「殺人事件」ではない。

以降その村では、全ての人間が「籤引きの結果」を翻《ひるがえ》そうとはしなかった。

「さあ歩け。ここから、山頂にある『お山様』の社《やしろ》まで。途中逃げようとするな？　村長に引き取られたお前の母が、とんでもない目に遭うぞ」

明《あきら》は村人たちの冷ややかな視線に見送られて、白装束に素足のまま山道を歩き出す。

見届け人が一人付くが、それは明の友人だった。

盗みを働いたのが盆の後であれば、来年の盆までは生きられたのに。

年若い村人たちは、彼の後ろ姿に自分の姿を重ね、あまりにも重い罰に両手を合わせた。

「おい、明。ここまで来れば、村人の姿は見えない。わらじを履けや」

「正《ただし》……わらじを履いても、俺が行くのは『お山様』の社だぞ？」

正と呼ばれた青年は彼の言葉を気にせずに、着物の懐に隠し持っていたわらじを出した。

「逃げろよ。逃げちまえ。お前が小豆と米を盗んだのは、仕方のないことだった」

「そんなことをしたら、母さんが……。母さんがどんな目に遭うか」

本来なら、盗みは町の役人に突きだして終わり。

だが村長は、明が人身御供になることを承諾すれば、母の面倒を見ると言ったのだ。

「バカ言うな。お前の母親はもう長くない。親父と医者が話しているところを聞いた。保《も》ってあと数カ月だそうだ。お前がこんなところで『お山様』に食われることはない」

「あと数カ月でも、俺は母さんに生きていてほしい。気持ちだけありがたく受け取るよ」

小さく微笑んで山頂を目指して歩きだした明の腕を摑み、正は必死の形相で叫んだ。

「お前を好いてるから言うんだっ！　なんで分からない？　『お山様』に食わせるぐらいなら、俺がここでお前を……っ！」

「正っ！　離せっ！　お前……っ」

正は藪《やぶ》の中に明を引っ張り込み、乱暴に押し倒した。

「正っ！　やめろ……っ！　いやだ……っ！」

幼い頃から一緒に育ち、長い間友人だった男に胸の内を告げられた明は、衝撃と驚きで上手く体が動かない。

「男同士でもまぐわいはできるんだよっ！　ほら、足を開けっ！」

明は男同士どころか男女の秘め事も経験がない。

彼にとって、今自分の腹の上に乗っているのは友人ではなく、顔を欲望で恐ろしく歪《ゆが》めた化け物だった。

「いやだ……っ！　いやだ、いやだ……っ！」

喧嘩でなら正に一度も負けたことがないのに。

今は白装束の裾をまくり上げられ、下肢を露《あら》わにされていても抵抗らしい抵抗ができない。

「死ぬ前に、うんといい思いをさせて……」

正は途中で口を閉ざしたかと思うと、獣のような叫び声を上げて逃げ出した。

一人残された明はゆっくりと体を起こし、おそるおそる振り返る。

彼の瞳には、恐ろしいものが映し出されていた。

漆黒の布を体に巻き付けた、大きな翼を持った異形。

薄暗闇でも光る瞳は、空よりも濃い青色をしている。

昔、村長の家で見せてもらった舶来本の中に、鮮やかな色で着色された男女が描かれていた。服も人も、随分綺麗だと思った。しかし今明の前にいる異形は、もっと美しかった。

漆黒の髪に青い瞳。すらりと長い手足。

「お前か。今年の俺への捧げものは……」

低いがよく通る声。

泥まみれで強ばっていた明は、頷くことしかできなかった。


彼は明をいきなり襲うようなことはせず、優しく胸に抱き締めた。

そして、身にまとっていた黒布でそっと覆《おお》い、そのまま山頂まで飛ぶ。

これが「お山様」か？　いきなり食われるかと思ったのに、なんで……？

明は、彼の胸からこぼれ落ちないようしっかりとしがみつく。

「顔を上げてみろ。素晴らしい夜空だ」

「え……？　あ、本当だ。綺麗な月……」

顔を上げたついでに、思わず下も見てしまった。

遥か地上に、ぽつぽつと明かりが灯っている。それが家々の明かりだと気づいた途端、明は体を強ばらせて彼にしがみついた。

こんな高いところっ！　ここから落とし、潰《つぶ》れたところで食うんだろうか？　今まで人身御供になった人間は、こんなむごい最後を遂《と》げたのか？

明は急に死ぬのが恐ろしくなって、体を小刻みに震わせる。

「どうした？　寒いのか？」

「食うなら……食うで……ひと思いに……食え……っ」

彼は驚いたように目を見開いたかと思うと、次の瞬間大きな声で笑った。

自分は何かおかしなことを言ったのだろうかと、明は、あまりに楽しそうに笑う彼を見つめて眉を顰めた。

「はっ。俺にそんな顔を見せたのは、お前が初めてだ。みな、へりくだって愛想笑いを浮かべるか、ずっと泣いている。何が不満なのだ？　お前は」

風に乗った彼の声は軽やかで、信じられないが、明をあやしているように聞こえる。

「……早く地面に……下りたい」

「造作もない。ほら、もう社についた」

彼は大きな翼を優雅にはためかせ、社の前に降り立つ。

ああ。自分はここで食われるのだ。

それでも、空から落とされなくて幸いだ。落とされたりしたら、地面に叩き付けられる直前まで、恐ろしい思いをしただろう。

「随分と汚れたな。そのままでは見栄えが悪い。こっちへ来い」

月明かりだけで明の格好が分かるのか、彼は黒布をまとわりつかせたまま、明の手を握りしめる。

ひやりとして気持ちがいいが、人間にこんな冷たい手をもったものはいない。

明は拒絶の声を上げる暇もなく、引きずられるように社の裏に向かった。

「人間は、こういう熱の籠《こ》もった水に浸《つ》かるのだろう?」

社の裏手から、自然の岩階段を少し下る。そこには小さいながらも泉があり、ふわふわと湯気を上げている。

「動物たちが時折ここに入りにくる。これはなんというものだ?」

明は慎重に泉に近づき、岩場にしゃがんで右手を突っ込む。温かくて心地がいい。

「おい、お前」

「これは多分……温泉だと思う。こんな高いところにも温泉があるのか……」

「ほう。今まで何人もの人間に尋ねたが、答えたのはお前が初めてだ」

彼は温泉には決して近づこうとせず、背中から大きな翼を消し去ると、岩場に腰掛けた。

明は自分の立場を忘れ、手首まで湯にひたす。

温かさが、徐々に恐怖を和《やわ》らげた。

「入っていいのか？　なあ」

明は嬉しそうな顔で振り返り、彼に再び笑われた。

「お前、名前はなんという」

「明」

「年は？」

「数えの二十五」

「これはまた、久しぶりに薹《とう》の立った捧げものだ」

彼のくすくす笑いが癇《かん》に触るが、相手は「お山様」なので文句を言ったらバチが当たる。

明はしかめっ面で白装束を脱ぎだした。

「その瞳に恐怖を宿していたのは最初だけで、今は図々しい態度を見せる。俺に対して敬語も使わない。お前は面白いな」

「そ、そっちこそっ！　どんな風に俺を食うんだよっ！　食うならさっさと食えよっ！　そんな風にもったいぶらずに、ひと思いに食えっ！」

「……そんな風に怒鳴ったのも、お前が初めてだ」

彼は青い瞳を好奇心で輝かせ、音も立てずにすっと明に近づく。

そして彼の顎を片手で捉えると、自分に向けさせた。

明は鋭い視線で睨《にら》み返す。

「お前は面白い。そして、とてつもない良い香りを持っている。……誰がひと思いに食うか。うんと楽しませてもらう」

母の為なら、どんな仕打ちも耐えられると思った。だから明は、こうして人身御供として山に登った。

けれど、囁きにも似た彼の言葉には残酷さが宿っていて、明の決意を揺るがせた。


少し痩せてはいるが、若者らしい、瑞々《みずみず》しいしなやかな体を晒し、明は湯に浸かる。

ゆっくりと手足を伸ばすと、気がゆるんで涙が出た。

母には二度と会えず、自分もここで嬲《なぶ》り殺される。

明は無性に悲しくなって、幾筋もの涙を頬に伝わせた。

「こっちを向け」

彼の声に、明は首を左右に振った。

「命令だ。こっちを向け」

有無を言わさぬ鋭い声に、明は仕方なく彼の方を向いた。

汚れていたときは気づかなかったが、勝ち気そうな大きな瞳が印象的な、端整な顔が露わになる。

「これはなかなかの美形じゃないか。薹が立っていても許してやろう。明。お前には妻がいるか？」

「……いない。『お山様』のせいで娘が不足しているんだ。それでも金のあるヤツは、町から嫁をつれてくることができるが、うちには……嫁を迎える金なんてない」

「ふうん。では、好いた女はいたか？」

明は首を左右に振った。

物心が付いたときには父はすでに死んでいておらず、日々田畑を耕し、母の面倒をみるのが精一杯で、他のことには殆ど気が回らなかった。

「お前がここに来て、悲しむ人間が誰かいるか？」

母さん……。

明は、彼を見つめたまま涙を流す。手の甲で何度ぬぐっても、涙は止まらない。

「お前を泣かせたいわけじゃない」

彼は慎重に温泉の縁へと移動し、自分の体を覆う黒布で明の顔をそっと拭った。

「食うくせに……っ……そんなことを……するな……っ！」

「強がるな。何をしようと俺の勝手だ」

涙を拭う優しい仕草が、村に残してきた母親を思い出させる。

「う……っ」

明は彼の片手に両手ですがった。

「母さん……母さん、母さん……っ」

病と飢えで痩せ衰えた母を思いながら、明は子供のように泣きじゃくる。

彼は、明の濡れた手を一瞥《いちべつ》して顔をしかめたが、払うことなく好きなようにさせた。


奉納品だろうか。明が着替えにと与えられた着物は振り袖だった。

きっと誰かが、人身御供になった娘の為に奉納したのだろう。若い娘によく似合う、牡丹と蝶の刺繍《ししゅう》が輝いている。

社の中は様々な貢ぎ物で埋め尽くされている。着物や、高価な船来ものの髪飾り。米に酒に野菜。嫁入り道具と見間違えるような、上等の布団。

「少しの間は素足で我慢しろ。そのうち足袋を揃えてやる」

彼はそう呟くと、振り袖を着て神妙に正座をしている明を後ろから抱き締めた。

明は彼の手を乱暴に払って部屋の隅に逃げるが、着物の裾を踏んで派手に転んだ。

「慌てて逃げようとするからだ。怪我はないか?」

彼の、笑いを含んだ声が苛立たしい。

明は猛然と起きあがったが、慌てて額を押さえた。床の一部がささくれていたらしく、額から血が滲《にじ》む。

「あー……こんなところを怪我するなんて。子供じゃあるまいし」

明は小さく舌打ちする。

「いい香りだ。こんないい香りは、今まで嗅いだことがない」

彼はゆっくりと明に近づいて、その前にしゃがみ込んだ。

「生臭いだけだ。それより、何か拭くもの……」

明は途中で言葉を途切れさせる。

空よりも青かった瞳が、今は炎よりも赤く輝いていた。

彼は明の手首を摑むと、血の付いた手のひらを丁寧に嘗める。

「あ……っ」

舌先で指の間まで丁寧に嘗められた明は、表現しようのないもどかしさを感じて吐息を吐《つ》いた。

「今まで味わったことがない、極上の味だ」

彼はやけに発達した犬歯を明に見せて微笑み、次に額の傷に唇を押しつける。

何を……している？　こいつは……俺の血を嘗めて……。

明の背中に冷たい汗が流れた。

「ば……化け物……」

彼は紅のように明の血を唇に付けたまま、ニヤリと笑って犬歯を剝《む》き出す。

いや、それは犬歯にしては発達しすぎていた。

「牙……？」

「そうだ。この牙で、相手の首に食らいつき血をすする。ある農村では俺を『鬼』と呼んで恐れ、別の農村では『お山様』と敬《うやま》う。他にも、俺に供物を捧げに来る村人たちは大勢いる。みな俺に、血をすすられるのを恐れているのだ」

「じゃあ……今まで……ここに来た人間は……」

「ふん。みんな血を吸ってやった。長持ちするように少しずつ吸ってやったのに、みな途中でおかしくなった。そして勝手に死んでいった」

彼は美しい顔に薄ら笑いを浮かべ、明の額の傷を無造作に嘗める。

「や、やめろっ！　お前……なんなんだよっ！　山の神様なんかじゃないっ！」

明は尻でずり下がったが、すぐに背中が壁にぶつかった。

「俺か？　俺は数百年前にこの地に来た。お前が見たことも聞いたこともない国から、船に乗って何日も何週間も何カ月も揺られて、この小さな島国にたどり着いた。人間たちは俺たちの種族を『吸血鬼』と呼ぶ。人間の生き血をすすり、暗闇を友としてこの夜に存在する、もっとも高貴でもっとも残酷な種族だ」

村人たちが畏敬《いけい》の念で接していた「お山様」は、外の国からやってきた化け物だった。

明は悔しさと恐怖の入り交《ま》じった瞳で彼を見つめ、爪で床をひっかく。

彼は壁に両手をつき、明が逃げられないようにしてから話を続ける。

「俺の名はエドワード。エドワード・クレイヴン。言ってみろ、俺の名を」

外の国の言葉や発音は、明には分からないし話せない。

明は闇雲に首を左右に振った。

「そんなに発音が難しいか？　聞き取れないか？　仕方がない。ならばお前には、特別にエディと呼ぶことを許そう。これなら、言えるだろう？」

エドワード、エディは赤い瞳を優しげに細め、明の耳に何度も「エディ」と囁く。

「エ……エディ……？」

「そうだ。いい子だな、よく言えた。これはご褒美だ」

エディは明の耳の後ろに顔を寄せると、そこに口づけをした。

「ん……っ」

彼の唇が触れた途端、明の体は歓喜に震える。

その震えはじわじわと体の中に浸透し、体を熱く火照《ほて》らせた。

「どうした？　息が上がっている」

「うるさい……っ……血を吸うなら、さっさと吸えっ！　長持ちなんかさせるなっ！　今ここで、体中の血を全部吸えっ！　畜生っ！」

「愚かなことを言うな。お前は素晴らしい血の持ち主だ。誰が殺す？　お前は絶対に殺さない。ずっと俺の傍に置いておく。死なせもしない」

「そんなこと……できるかっ！」

「自分で死のうと思うな。思ったら、お前がここに来たことで悲しんでいる人間を食う」

母さんを食う？　そんなっ！

明の瞳に涙が浮かぶ。

「泣くな。俺はお前を大事にする。村にいたときよりも、ずっといい暮らしをさせてやる。だからずっと、俺の傍にいろ」

酷いことを平然と言うくせに、言葉のところどころに寂しさが漂う。

「でも……血を吸う……」

「お前は極上の血の持ち主だ。そう易々と吸っていいものではない」

「化け物のくせに、なんで……そんな……優しいことを……っ。俺を言葉で騙《だま》すのか？」

明は豪華な振り袖で乱暴に涙を拭い、エディを睨んだ。

「わざわざ言葉で騙さなくとも、人間ならば俺の赤い瞳で意のままに操れる」

「でも俺は……」

明は自分の意志で話し、自分の意志で動いている。

エディは苦笑を浮かべ、右手で明の顎をそっと摑んだ。

「それが不思議なのだ。なぜお前は、俺の意のままにならない？　本当に、面白い人間だ。それに……」

エディは顎を摑んでいた指をするりと喉へ移動させ、猫を喜ばせるようにそこを軽くくすぐった。

「あ…っ」

「こんなにも、感度がいい。……誰かと交じわったことはあるか？」

明は露骨な問いに頰を赤く染め、エディから視線を逸らす。

「案ずるな。お前を乱暴に扱ったりしない。ただその、染み一つついていない体に、快感の印をつけたいだけ」

「な……何……？」

「俺がすべて教えてやる。ただでさえ敏感な体は、すぐに快感の虜となる。そうすれば、俺の傍にずっといるだろう？　俺を一人にして、どこかへ行ったりなどしない」

傲慢《ごうまん》なのに、甘えを含んだ声。

明は返事ができないまま、エディが振り袖の裾を割って自分の膝を掴み、大きく左右に広げるのを見ているしかなかった。

「恐ろしいと思うのなら、目を閉じていろ」

「い、嫌だ。目を閉じたら……お前はきっと俺を食う」

「……強情な人間だ。しかし、嫌じゃない」

エディはふわりと微笑み、右手を彼の股間に伸ばす。

「ひ……っ」

誰にも触れさせたことのない場所を、こともあろうに化け物に弄ばれ、明は屈辱感と羞恥心に気が遠くなった。

「お前の口は嘘しか言わない。ここを見てみろ。とても素直だ」

吸血鬼の指は巧みに動き、貢ぎ物の体からずるりと快楽を引き出していく。

「は……初めてなのに……俺はこんなこと……初めてなのに。……なんで……相手が化け物なんだよ……っ」

淡い色をした明の雄はエディの指の中でじわじわと形を変え、敏感な先端から蜜を零《こぼ》す。

「俺が初めての相手でよかったと、お前の体にしっかり教えてやる」

エディはそっと囁き、明の目尻から零れた涙を唇で受け止めた。

「やめてくれ。ほ、他のことなら何でもするから……これ以上……は……」

「もう遅い」

「い……いやだ……」

振り袖を引っ張られて、床に組み敷かれる。

明は腰を捩《ねじ》って俯せになったが、その姿は、まるで帯を解いてくれとねだっているように見えた。

「何も知らないから恐ろしいと感じるのだ。何もかもを知ってしまえ」

エディは片手で器用に帯を解きながら、明の体から鮮やかな振り袖をはぎ取る。

「何も……知りたくない……っ！」

「そんなことは、俺が許さない」

エディは激しくかぶりを振る明を背中から抱き締め、長襦袢《ながじゅばん》の合わせを力任せに開いた。

首筋から肩までが露わになり、蠟燭《ろうそく》の薄明かりに照らされる。

吸血鬼はその性《さが》を見せつけるように、貢ぎ物の首筋を甘噛みした。

その瞬間、明の体は恐怖で総毛立つ。

俯いた顔から床板へ、涙が零れ落ちた。

「何を恐怖する。俺はお前が許さない限り、ここに牙を突き立てたりしないぞ」

「どうせ……嘘だ……っ」

明は掠れた声を出し、エディの言葉を踏みにじる。

エディは苦笑を浮かべると、恐怖で萎えていた明の雄を右手でそっと摑み、焦らすようにゆっくりと扱《しご》きだした。

「く……っ」

堪えれば堪えるほど、快感が体に染みこんでいく。

自分の体なのに自分の意志で動かない。明は前のめりになると、腰を高く突き出すような格好で、エディの指に支配されていった。

「エディ。そんなところに寝ころんでちゃ布団が敷けないだろう？　……って、お前は何を読んでるんだっ！」

今夜も決死の覚悟で風呂に入った明は、畳の上でマグロのように寝そべって本を読んでいるエディを見て、いきなり大声を出した。

「うっせーぞ。今、すっげーいいところなんだからー」

「せっかく俺が隠しておいたのに……。没収。何がなんでも没収っ！」

明は物凄い勢いでエディの手から『紅蓮《ぐれん》の葬送《そうそう》』を奪うと、風呂場に走る。

「おい！　なんで本を風呂場に持って行く？　湿《しめ》るじゃねーか」

エディは体を起こしてあぐらをかくと、清々した顔で戻ってきた明に文句を言った。

「吸血鬼は水が苦手だから……。風呂場にしか隠せない」

「お前も吸血鬼だろうが」

「お、俺は……新米吸血鬼だし……風呂好きだから……その……大丈夫」

「せっかく俺様が、夢中になって読んでたってのに、なんで隠す」

だって、主人公の名前が俺たちと一緒じゃないかっ！　エディが吸血鬼で俺が人間というのも、俺たちが出会ったときと同じ。しかもエッチシーンは物凄いことになってんだぞ？

そんな小説をエディに読ませたら、絶対に感化される。それだけは……絶対に阻止だっ！

明はエディの問いに答えず、心の中で激しくシャウトしながら、真っ赤な顔で首を左右に振る。

「……気になる」

エディは疑惑の眼差しで明を見上げた。

「気になる？　そうか、気になるのかっ！　ははは！　俺はもうとっくに読んだから、ラストを教えてやるっ！　ラストで社が燃やされて、人間の主人公だけが焼け落ちた社の前に立っているところで終わってんだよっ！」

明はパジャマに着替えながら一気にまくし立てる。

「この、おバカハニーっ！　俺はまだ途中なんだぞっ！　ラストをわざわざ言うなっ！」

「………と、途中で幸いだ。ところでエディ、どこまで読んだ？」

「エディと明が初めてのエッチをする直前まで。俺様を生殺し状態にせず、さっさと読ませろ。参考になるかもしんねえ」

「本当に幸いだ。……それ以上読んでいたら、俺は安眠できなくなる」

明は安堵のため息をついて、エディの前に正座した。

エディは明の太股を枕に寝転がると、彼の膝に指で「の」の字を書く。

超絶美形の俺様ダーリンは、ラブリーハニーの引き締まった少し堅めの太股が大好きだ。

「可愛いハニーが安眠できないって？　理由を言え、理由を」

主人公たちが、俺が想像できないような凄いラブシーンを繰り広げるからだなんて、俺の口からは絶対に言えないっ！　口が裂けても言えないっ！

明が言ったら最後、エディは何が何でも小説を最後まで読み、自分に都合のいい理由を付けて押し倒すに決まっている。

エディと明は今まで様々なセックスをしてきたが、明の知る限り、本の中に描写されているようなことは一度もしていなかった。

沈黙を守る明を前に、エディはポンとコウモリに変化する。

「愛くるしい俺様がお願いしてもダメ？」

「むしろ、愛くるしいお前にはもっとも関係のないことだ」

明は、自分の膝の上でふわふわの腹毛を見せているコウモリの可愛らしい姿にグッときつつも、辛うじて首を左右に振った。

「ふーん。ならやっぱ、自分で確かめねえとなっ！」

「あっ！　こらっ！」

コウモリはパタパタと宙を舞う。

明はいつもの調子でコウモリを鷲摑《わしづか》みにしようとしたが、今夜に限って逃げられた。

「ダメだって、エディっ！」

明の大声を右から左に聞き流したコウモリは、風呂場のドアをするりと通り抜け、両足に文庫本を摑んで戻ってくる。

「あーもー、湿気たっぷりで最悪だった」

コウモリはすぐさま人型に戻り、風呂場のドアを一瞥して悪態をついた。

「読むなっ！　絶対に読むなよっ！　こっちによこせっ！」

「い・や・だ」

エディは、本を奪おうと手を伸ばす明をひらりとかわし、いきなり小説を音読し始めた。

「自慰しか知らない明の性器は、今ではエディに見つめられるだけで勃起するようになった。『あ……そんな……恥ずかしいところを見ないでくれ』明は頰を朱に染めて哀願するが、彼の羞恥心と裏腹に性器は力強く勃ち上がり、先端から蜜を溢れさせる。エディの赤い瞳に見つめられているだけなのに。触られてもいないのにどうして？　明は両手で顔を覆い、美貌の吸血鬼の視姦に耐える。『今日は趣向を凝らしてやる』エディはうっとりと呟き、明の性器を腰紐で結んだ。『や、やめて……』これから何をされるのか分からず、明は唇を震わせ潤んだ瞳でエディを見つめる。『どれだけ気をやらずに我慢できるか、試してみたい』『そんなこと……っ』敏感な体を持つ明にとって、達することができないまま延々と弄ばれることは、拷問《ごうもん》に等しい。だがエディは優しげな微笑みを浮かべたまま、明を残酷な愛撫で責めだした」

「ギャーっ！　声に出して読むなっ！　感情を込めて台詞をしゃべるなっ！　こういうのは目で読むから背徳的《はいとくてき》で楽しいんだっ！　声に出したら羞恥プレイだぞっ！」

明は今更ながら両手で耳を塞《ふさ》ぎ、真っ赤な顔で大声を出す。

朗々と日本語の小説を音読するイギリス産の吸血鬼がいてもいいのだろうかということは、この際考えない。

してやったりのエディは、ニヤニヤ笑いながら文庫本を閉じた。

「なるほどな。こういうわけか。うんうん。確かに俺様は、明を縛ってどうこうってのはしたことがねえ。この本、参考書として使える」

「な、な、な……っ」

何の参考書だよっ！

明は真っ赤な顔で口を開くが、エディに強く抱き締められて続きが言えない。

「可愛いハニー。生きてて、こうして抱き締められるお前が一番好き」

「そ、そう言うなら……本をお手本になどせずに……」

「生きてるハニーじゃねえと、紐で縛ったりバイブを試したりローターを試したりラブオイルを試したりできねえ。生身の明ちゃん万歳」

「そっちで万歳する前に、どうして主人公たちの名前が俺たちと一緒なのかってところに突っ込めよっ！　しかも、やってる内容は違うと言っても、台詞は殆ど同じだぞっ！」

「台詞が殆ど一緒って、お前……セックスの最中に言ってる言葉を覚えてんのか？　お利口な淫乱ちゃんだな」

　エディは余裕の表情で明の怒声を聞くだけでなく、鋭い突っ込みを入れた。

「う……っ」

「俺様が覚えてるってのは当然だが、まさか明まで覚えてるとは。俺様びっくり」

　忘れられないほどインパクトの強いことを言われたり言ったりするから、忘れたくても忘れられないいんだよっ！　このバカっ！

　忘れたいと思っていることに限って、いつまでも覚えているのが悔しい。物凄く悔しい。

　明は真っ赤な顔で悔しそうにエディを睨む。

「墓穴を掘ったな、うっかりハニー。……俺たちと同じ名前の主人公でも気にすんな。この世は広いから、そういう馬鹿馬鹿しい偶然もたまにはある」

「あり得ない。絶対にあり得ないからっ！　もしかしたら……この部屋のどこかに盗聴器が仕掛けられていて、誰かが受信しているのかもしれない……」

明は即座に否定すると、部屋にある家電製品に疑惑の眼差しを向けた。

「受信はともかくとして……」

エディは何かに気づいたようで、途中で口を噤《つぐ》んでニヤリと笑う。

「な、なんで……そこで……笑うんだよ」

「いや、なんでもねえ。とにかく盗聴器は絶対にねえから、安心しろ」

彼の言葉は、明には根拠のない自信としか思えない。

「でも……今からちょっと調べよう。な？　エディ。なんか気味が悪い。それに、俺たちが吸血鬼だってことが人間にバレたら大変だ。パニックを起こした人間たちに俺が捕まって日光に晒されたら、エディはひとりぼっちだ。考えるだけで涙が出てくる」

明はエディにぎゅっとしがみつき、背中を丸めて一人寂しくスイカを囓《かじ》っているエディの姿を想像して、じわりと涙を浮かべた。

「想像で泣くな。もー、俺様のハニーは最高に可愛い」

エディは明を慰めるように、彼の背を優しく叩いてやる。

「そんな可哀相なことを想像しなくてもいいようにしねえとな」

「え……？」

「今日が最初で最後だから、俺のわがままを聞いてくれ」

「何…言って……？」

「いつも俺のわがままに付き合わせて申し訳ないと思っている。だが俺が、どんなことをしようとも明を愛していることには変わりない」

「エディ……？」

「快感に染まったお前の体、お前の表情は、俺だけの宝物だ。その宝をもっと輝かせるために、今だけは……俺のわがままを聞いてくれないか？　愛してる明」

真面目な顔、低く囁くような台詞。

明はもがくのをやめ、エディの胸に顔を埋める。

「いきなり……そんなことを言われても……俺、困る」

「お前の羞恥心をすべて快感に変えよう。今夜だけでいい。俺の好きにさせてくれるか？」

「いつも……好き勝手してるくせに……」

「明を泣かせたり怒らせたりしたくないから、こうして尋ねている。いいか」

吐息とともに耳に囁かれ、明は小さな声を上げた。

いつもなら「セックスすんぞ！」、もしくは「エロエロハニーちゃんを見たーい」と、子供らしさ全開でのし掛かってくるのに、今夜はやけに礼儀正しい。

それが意外で、思わず明はときめいてしまう。

明はエディの、欲情した赤い瞳を見つめた。

きっと今の自分も、赤い瞳になっている。

「お前の返事が聞きたい。返事を聞かなければ、俺は何もできない」

こんな風に優しく囁かれたら、頷かないわけにはいかない。

「今夜……だけなら……」

よっしゃっ！　これでネット通販で買ったエロエログッズを試すことができるっ！

エディは心の中で歓喜のダンスを決めると、明の額に優しくキスをした。


「……なんで、目隠し？」

明は不信感いっぱいの瞳でエディを見つめた。

エディが嬉々として持っているのは、商店街の福引きで当たった五等の手ぬぐい。

「俺を信用しろ」

エディは表情を真面目なものに変え、クールに囁いた。

「セックスにおけるエディの『俺を信用しろ』は、いまいち信用できないんだが……」

明は体中で警戒すると、エディの「射程距離内」から離れる。

「ふっ。今までの行いの悪さが、お前に不信感を抱かせてしまったか。俺様のバカ。いや違う。……俺はお前をうんと気持ちよくしてやりたい。そのための第一歩だ。俺の愛を信じてくれ」

「お前の愛は信じるが、行為となると……」

まだ何か言おうとする明の唇を、エディの人差し指がそっと押さえた。

「これから先、お前が発していいのは快感に酔った淫《みだ》らな声だけ。それ以外の言葉は俺は認めない。お前の体は今から楽器だ。俺の指先に奏《かな》でられ、至福の音楽を奏でる……」

美貌の吸血鬼が微笑みながら呟く。

しかし明は、「ぷひっ」と吹き出した。

彼はそっぽを向くと、両手で口を押さえて肩を震わせる。

その姿はどう見ても、感動に打ち震えているのではなく笑いを堪えていた。

「おいこら、明」

「ご、ごめん……っ。けど、そこまで言われると……シリアスを通り越してギャグだ…っ!」

「俺がこんなに一生懸命、お前のために己のボキャブラリーを駆使しているというのに、お前はそれを笑うのか？　だとしたら、俺はなんて不幸な男だろう。愛する小鳥に笑われるのは悲しい」

「小鳥って！　小鳥……っ！　ダチョウの間違いじゃないのかよっ！　俺は……そんな小さくないっ！」

明はもう、腹を抱えて笑い出した。

エディの、形のいい眉が片方、ぴくりと上がる。

「失敬な失敬なっ！　最初は俺様の言葉に滅茶苦茶うっとりしてたくせにっ！　なぜ笑う。なぜ腹を抱えてわーらーうーっ！」

彼は、畳の上で転げ回って笑っている明に飛びかかった。

「あっ！　バカ重いっ！」

「愛の重さだ、理解しろっ！　俺様の努力を踏みにじりやがってっ！」

「だってエディ……あ……っ」

明に覆い被さったエディの指が、明の股間に上手い具合に入り込む。

「『だって』……何？」

「俺は……っ……そこまで……してもらわなくても……んっ」

優しく股間を揉まれ、明は甘い声を出した。

「すぐ感じちゃう。俺様の可愛い淫乱ちゃん」

「バカ……っ、自覚してんだから……わざわざ言うな……っ」

エディの指の動きはどんどん激しさを増し、明は快感に体を震わせる。

「もっと気持ちよくなりてえだろ？」

「ん…っ」

「だから、今夜はちょっと趣向を凝らして……」

「恥ずかしいって。絶対……途中で素《す》に戻る」

「大丈夫」

エディは明の額にキスをして、放って置いた手ぬぐいを掴むと明の視界を遮《さえぎ》る。

数百年も生きている吸血鬼ならば、視覚を遮ったからといって何の不自由もない。

しかし明は「新米吸血鬼」で、吸血鬼の感覚をまだ上手く操れなかった。

「明るいか暗いかしか……分からない」

「それでいいの。絶対に外すなよ？　さてと、俺様はラブリーハニーのためにお布団を敷いてあげましょう」

大人しく目隠しをしている明は可愛いやらエロいやらで、エディの目を楽しませる。

彼は押し入れの天袋に隠しておいた小さな段ボール箱を取り出す。

「何をがさごそ音を出してるんだ？」

「んー、気にすんな」

ええと。これがバイブでこっちがローター。このエネマなんとかってヤツはどこに突っ込むんだ？　やはり尻か？　尻だろう。でも変な形。んで、こっちが無味無臭人畜無害のラブローションで……。

エディは説明書を読みながら中身と名称を確認し、電池を入れる。

「ええと……なになに？」

『人類みな恋愛。老若男女と性別は無関係。愛の前では全てがひれ伏します。当社の製品で、ファンタスティックでゴージャスな夜をお過ごしくださいませ。愛と性具のゼッツリーンが、あなたのナイトライフをサポートします』

説明書の最後に書いてあった文を読んだエディは、微妙な表情を浮かべて黙った。

「エディ。黙るな。なんか言え」

「あ、ああ。愛してるぞ、スイートハニー」

彼は明をひょいと抱きかかえ、ふわふわの布団に移動する。

「うわ……本当にふかふかだ。気持ちがいい。ちょっとだけコウモリになってもいいか？」

「明はコウモリになる前に、エロエロになるの」

エディは笑いながら明を押し倒し、彼の唇を自分の唇で塞いだ。

声や態度、ふわりと香る匂いで、相手はエディだと分かるのだが、視界が遮られていると感じが変わる。

エディの声と匂いを持った赤の他人にキスをされているようで、緊張してしまう。

「は……っ」

「キスだけでここまで感じちゃうなんて、明は可愛い」

明の雄は痛いほど猛り、パジャマの上からでも形がよく分かる。それだけではない。敏感な先端から溢《あふ》れる蜜はパジャマに大きな染みを作っていた。

「やだ……違う……っ」

「目隠ししてセックスすると、明はこんな風になるのか」

エディは嬉しそうに笑いながら、明の下肢から衣類をはぎ取る。

硬く勃起した雄は透明な蜜に汚され、時折ひくつきながらエディの愛撫を待っていた。

「エディ……何か言ってくれないと……」

別の誰かとしているような気分になる。

明は最後まで言えず、エディに両手を伸ばす。

「俺はここにいるって」

すがりついてくる明が凄く愛しい。

エディは明の額や頬にキスをすると、今度はパジャマの上着に片手をかけ、ボタンを全てはずして胸を露わにした。

「や、やることは……いつもと同じ……だよな？」

「ちょっとだけ違う」

「え？　……あ、あぁ……っ！」

小さな振動音が聞こえたかと思うと、小さな乳首に激しい刺激が与えられた。

「や……っ……やだ……っ……」

ここだけでイケるようになれと、セックスをするたびエディに執拗に弄られている乳首は、ローターの刺激を受けてすぐに硬くぷっくりと立ち上がる。

「だめ……そこだめ……っ」

明は体を仰《の》け反《ぞ》らせ、胸を刺激している器具を払い落とそうと手を上げた。

「動くなよ」

エディは明の耳に低く優しい声で囁く。

「今日は俺の好きにさせるって、頷いたじゃねえか。明がどこまでいやらしくなるか、俺様に見せろ」

「でも……」

「酷いことなんか一つもしてねえだろ？　明は恥ずかしいだけなんだよな？　『オモチャで弄られて感じちゃうなんて』って。ん？　違うか」

　それはエディの言うとおり。

　器具を使うのは「その道の方々」と信じて疑わない明は、恥ずかしくてたまらなかった。しかも敏感な体なので、エディの愛撫と同じように感じてしまっている。

「お、俺……オモチャでイカされたら……エディに申し訳ないと……思って……」

「可愛いハニー。誰か別のヤツがお前をオモチャで弄ってんじゃねえ。俺だぞ？　変なところで操《みさお》を立ててるなっての」

「操なんて言葉……どこで覚えたんだよ」

「俺様の大好きな時代劇。ほれ、お前は気持ちよくなることだけ考えてろ」

　エディは苦笑して、明の半開きの唇を自分の舌で嘗《な》める。

「あ……っ」

　ローターの振動が、ゆっくりと下がっていく。

　次にどこを刺激するのか想像できた明は、雄の先端からとろとろと期待の蜜を零した。

　だが期待は裏切られ、ローターは明の下腹で止まる。

「エディ……っ」

「淫乱ちゃん。これで弄ってほしかったら、おねだりしねえとだめ」

エディは明の乳首を口に含みながら、意地の悪い声を出した。

彼がしゃべるたびに、硬くなった乳首に牙が触れる。

その微《かす》かな痛みが体の中ですぐさま快感へと代わり、明を甘く責めた。

「そんな……恥ずかしいこと……」

「じゃあ、言えるようにしてやろうか？」

エディの楽しそうな声を聞き、明は不安になる。

「な、何をするんだよ……っ」

「いいこと」

エディは明の下腹にローターを置き、段ボールの中から絹の紐を取り出す。

「おい、エディっ！」

「ちょっとだけ大人しくしてろよ？　いい子にしてたらご褒美をあげる」

何をされるのか分からないが、エディの愛撫で達したくてたまらない明は、「ご褒美」に惹《ひ》かれた。

優しく上体を起こされたかと思うと、触り心地のいい布で右手首と右足首を一緒に縛られる。きつくはないが、ちょっとやそっとじゃ解けそうにない。

「あ、あの……エドワードさん……?」

「もうちょっとな。こっちを……こうして……よしっ!」

「何が『よしっ!』だっ! 目隠しするだけじゃなく縛るのかっ?」

明は目隠しをされ、自然に股が開くように縛られた姿で大声を出した。

布団の上で縛られた姿は、SM雑誌のモデルに似た状態になっている。

「さすがは俺様のハニー。なんてエロエロ」

エディは、いつも以上に淫らな明の痴態を見つめ、うっとりと微笑む。

「俺のダーリンが……変態伯爵だったなんて……」

「俺様が変態ならお前は淫乱ちゃん。身動きできないように縛られてるのに、なんでここはこんなに濡れてんの?」

エディは嬉しそうに言うと、ちょんと明の肩を押した。それだけで彼の体はころんと仰《あお》向《む》けに寝てしまう。

明は両膝を閉じたが、エディが膝に触れ、軽く動かしただけで難なく足が広がった。

「ほらここ。漏らしたみてえにねっとり濡れてる。縛られて感じちゃったんだ」

雄の先端にエディの息がかかる。

明は喉を逸らして甘い声を上げた。

「ばか……縛られて……感じるわけ……、やっ…やだ……っ」

エディの指が明の雄に触れたかと思うと、何かぬるぬるしたものを被せられる。

過去の経験から、それはスキンだとすぐに分かった。

「大人しく言うことを聞いたからご褒美だ」

エディは明の雄に被せたスキンを強引に広げ、その中にローターを突っ込んだ。

明が驚きのあまり抵抗できないのをいいことに、今度はラブローションを垂らしたバイブを明の後孔に挿入する。

「やだ……エディ……恥ずかしい……恥ずかしいって……」

「まだ見えてないから、恥ずかしくねえだろ?」

エディは再び明の上体を起こし、後ろから優しく抱き締めた。

「今、見せてやるからな」

布の擦《こす》れた音がしたかと思うと、明の視界がいきなり開ける。

最初は眩《まぶ》しくて目を細めていたが、すぐに目が慣れた。

「明、見てみ?　自分の格好」

耳を愛撫する囁きに、明はぎこちなく自分の体を見下ろす。

右手首と右足首、左手首と左足首がそれぞれ一緒に縛られ、大きく膝を割っている。むき出しの股間には、ローターと一緒にスキンを被せられた雄、後孔には細身のバイブが挿入されていた。

髪と同じ色の体毛は蜜と汗で光っている。

自分がどんないやらしい姿をしているか、感覚ではなく見て知ってしまった明は、目に涙を浮かべて首を左右に振った。

「こ……こんな……格好……っ」

いくら何度も夜を重ねたエディの前でも、晒したくない。

体の中は火がついたように熱くなり、気が遠くなるほど恥ずかしい。

エディは、いやらしい淫らな部分を視姦している。

「震えるほど恥ずかしい？　それとも、自分の姿を見て感じてる？」

「バカ……見るな……こんな恥ずかしい格好……見ないで……」

明は泣き声混じりに言うと、目を閉じた。

「そう言われると、よけい見たい」

エディは明の首筋にキスをして、器具のスイッチをオンにした。

「ひ…っ……や、やだ……っ……だめ、だめ……っ！」

達する寸前だった雄は、甘い衝撃に包まれてあっけなく達する。

スキンの中に白濁した吐精が溜まるのがよく見えた。

「エディ……外して……これ……外して……っ」

達したにもかかわらず、ローターはなおも明の雄を責めさいなむ。

泣きたいほど苦しいのに、後孔を貫いているバイブに肉壁の一番感じる部分を掻き回すように刺激されて、明の雄は強制的に勃ち上がった。

背中からエディに抱き締められたまま、器具の刺激で快感を引きずり出される。

苦しいのに気持ちがよくて、消え去りたいほど恥ずかしい。

「まだ恥ずかしいの？」

エディは明の両方の乳首を指の腹で撫で回しながら囁く。

何度も愛した体のどこをどう可愛がってやればいいか、エディは知り尽くしている。

「恥ずかしいよ……っ……も…見ないで……全部外して……」

感じる場所を三点も同時に責められて、明は泣きながら頷いた。

「恥ずかしいことは気持ちのいいことだって、何度も言ってんだろ？」

「だって……あっ……そこ弄るな……っ」

乳首を摘《つま》まれ、きゅっと引っ張られると、胸の中が切なくなる。

なのにエディは、明のそんな切ない表情を堪能するため、無視を決め込んだ。

下肢への刺激で意識を保つのがやっとなのに、こんな風に意地悪く乳首を弄られたら頭の中がいやらしいことでいっぱいになる。

エディに求められるまま、普段では絶対口にしない言葉を言ってしまう。

歓喜の声を上げて自ら腰を振ってしまう。

「ここ、弄られるの好きだろ?」

だめだ。も、我慢できない。これ以上我慢したら、頭がおかしくなる……っ!

乱暴に乳首を弾《はじ》かれた途端、明の頭の中は快楽に染まった。

「ん……っ……気持ちいい……乳首……気持ちいい……っ」

「こっちは? 明。どんな風に感じてるか、俺に教えて」

エディの右手が下肢に伸び、雄の根本をそっと撫でる。

蜜と汗に濡れた体毛を指に絡めて気まぐれに引っ張ってやると、明は甘い掠れ声を上げて、腰を前に突き出した。

明は真紅の瞳を快感で濡らし、体中で悦びを表す。

「だめ…っ……頭の中がおかしくなる……っ……」

「このまま、オモチャで弄ってほしい? それとも……」

「エディ、エディがいい……っ！　エディに弄ってほしいっ！　エディでなきゃやだっ！」

明はエディに見せつけるように、窮屈《きゅうくつ》な姿勢でなおも腰を突き出した。

「いやらしいおねだりが上手くなったな。俺に銜《くわ》えて嘗めてほしいの？」

「して……いっぱい……して。俺もエディの……嘗めたい」

もうこれ以上焦らす必要はない。

エディはごくりと喉を鳴らし、明の雄から精液がたっぷり入ったスキンとローターを外した。

エディは立ったまま、窮屈な体勢の明に奉仕をさせる。

手を使わず唇と舌で必死に自分の雄を嘗める明の姿は、奴隷が従順に主に仕える姿にも似て、彼の嗜虐心《しぎゃくしん》を満足させた。

後孔に飲み込んだままのバイブの刺激を、必死に堪える切ない表情もいい。

「そう。だいぶ上手くなったな」

エディは明の髪を優しく掻き回し、上ずった声で誉めてやる。

「今日は……飲まなくていいぞ？」

丁寧にエディの雄を愛撫していた明が疑問の表情を見せる前に、彼は明から雄を離し、自分で扱き出した。

そして低い声を上げて、明の顔に射精する。

これは俺のものだと印を付けるように。

「あ……っ」

明は、頬や唇にかかって流れ落ちる吐精を、恥ずかしそうな表情を浮かべて舌で嘗めた。

「今度は、俺がお前にいやらしいことをしてやる」

エディは明を優しく布団の上に寝かせ、愛撫を待ち望んでいた彼の下肢に顔を埋める。

彼の愛撫はローターのように一定の刺激ではない。

明の反応を見ながら強弱をつけ、明により一層艶《なま》めかしい声を上げさせた。

「ああっ！　先っぽばっかり……嘗めちゃ……やだ……っ」

蜜が溢れる先端の縦目を舌先で嘗められ、溜まっていた蜜を掻き出される。

縛られて満足に動けない明は、いつものように身悶《みもだ》えることができないので、言葉にして知らせるしかない。

根本まで嘗めて。もっと強く揉んで。優しく噛んで。

蜜が滴《したた》る雄を、子供がよく言う言葉に変えて。

卑猥《ひわい》な言葉を口にする羞恥心は、とうの昔に快感へと変わっていた。

そしてエディは、嬉しそうに「もっと言え」と強制する。

「も、いい？　俺……イッていい？」

「そういうときは、どうねだればいいか教えたよな？」

エディは顔を上げて上目遣いに明を見ると、彼の袋をくにゅくにゅと揉みながら尋ねた。

「お、俺が……イクところを……見てくれ。俺の……恥ずかしい姿を……見て……」

「よくできました」

エディは再び明の雄を含み、最後の刺激を与えた。

「あ、あ……っ……だめ……だめ……っ……あああぁぁぁぁ――――っ！」

明は快感の涙を流して悲鳴を上げ、エディは彼の吐精を余すことなく飲み込む。

「エディ、我慢できない。早く……噛みたい……っ」

エディより多く射精した明は、牙を剥きだして吸血鬼の本性を見せる。

愛するものと快感を分かち合いながら血をすすりたい。

「行儀が悪いぞ？　少しだけ我慢しろ」

そういうエディも、我慢の限界に来ていた。彼は明の後孔を貫いていたバイブを抜くと、
自分の雄で深く貫く。

「んう……っ」

細身のバイブでは味わえない、心地よい圧迫感と快感を伴った衝撃。

明は体を震わせて悦び、ほんの少しの不満を呟いた。

「エディを……抱き締めたい……」

「そんなの簡単だ」

エディは明を縛《いまし》めていた絹紐に手をかけると、いともたやすく引きちぎる。

「え……」

「うっかりハニー。吸血鬼のバカ力を使えば、こんな紐はすぐに千切れる。律儀に縛られちゃって、最高に可愛い」

「………俺のバカ」

明はエディの背に腕を回しながら、自分に悪態をつく。

「でも、身動き取れない状態で俺様に弄られるのは気持ちよかったろ?」

違うといいたい。

けれど明は正直者なので、嘘は言えなかった。

「し、縛られてなくても……凄く感じる……」

「随分遠回しに言いやがったな。俺様のハニーは、ホントに素直じゃねえ」

「でも、エディのハニーだ」

「うん、そう。最高のハニーだ」

エディはゆっくりと体を動かし、明もそれに合わせる。

彼らの牙が愛しい恋人の首筋に噛み付くまで、大して時間はかからなかった。


いつもなら、エディの腕の中で自然に目を覚ますはずなのに。

明は手の甲で目を擦りながら小さなあくびをした。

誰かが、といっても桜荘《さくらそう》の住人には違いないのだが、ドアを激しくノックしている。

エディはよほどいい夢を見ているのか、熟睡しながら微笑んでいた。

「俺が起きるしかないか……」

夕べも散々気持ちいいことをして、寝たのが明け方。

なんだよ。まだ三時間しか眠ってない……。しかもこのだるさだと、外はいい天気だな。

明は素早くパジャマを着ると、鍵を外してドアを開けた。

「あー、すいません。比之坂《ひのさか》さん。どうしても聞きたいことがあって」

「……河山《かわやま》さん、目の下のくま……どうしたの？」

随分くたびれた顔の河山が、何枚かのコピー用紙を持って立っている。

「原稿の締め切りが今日のお昼までだから、ちょっと徹夜など……」

猫又《ねこまた》でも猫の仲間でしょ？　猫は一日二十時間近く眠ってるのに、徹夜なんかして。

明は気の毒そうな顔で彼を見ると「俺らにできることでしたら」と、管理人らしい態度を見せた。

「ああよかった。このシーンなんですけどね、このときの『明』の心情ってのはこれでいいのかなと……。記憶を失った『エディ』と再会する、物凄く大事なシーンなんですよ」

ピクンと、明の顔が強ばる。

「それはもしかして……『紅蓮の葬送』の続編？　え？　なんで？　河山さんが作者だったんですか？　だってペンネームが違う……」

「俺、いくつかのペンネームを使い分けてるんです。猫原真昼《ねこはらまひる》は、その中の一つ。『紅蓮の葬送』を読んでくれたんだ、ありがとうございます。そうそう、これは続編でね『漆黒《しっこく》の薔薇園《ばらえん》』って言うの。三カ月もしたら書店に並びます。比之坂さんには献本しますね」

こんなところに「猫原真昼」の読者がいたなんてと、河山は疲れた体ではしゃいだ。

しかし明は、あまりの衝撃で目の前が真っ白になる。

なんじゃそりゃーっ！　俺たちのアレを受信してたのは河山さんだったのか？　作家と

いうのはなんでもネタにするってのは聞いたことがあるが……よりにもよって、よりにもよってーっ！

明は大声で怒鳴りたかった。しかし、「いっそ殺して」と思うほどの激しい羞恥心に見舞われて、何も言えずに立ちつくす。

「でねでね、比之坂さん。ここの『明』の心情を読んでもらえませんか？　そして感想が聞きたい」

頭の中を真っ白にして思考停止した明の後ろから、パジャマのズボンだけを穿《は》いた上半身裸のエディが顔を出した。

「やっぱりな。猫又が『猫原真昼』だったか。俺様の思ってた通りだ。どれどれ、原稿を読ませろ。俺様の萌え萌えハニーちゃんは現在フリーズ中だ」

エディは河山の手からコピー用紙を奪い、読み始めた。

園田《そのだ》様のお屋敷の中に、こんな隠し部屋があったなんて。

明は驚愕の表情を浮かべ、部屋の中に入った。

家具や調度品はすべて舶来もの。模様を織り込んだ絨毯《じゅうたん》はふわりとして雲の上を連想させた。

しかし、こんなにいい天気なのに、窓には緞帳《どんちょう》のようなカーテンがかけられて日光を遮っている。

「……誰だ?」

背後から声をかけられても、明はすぐに振り向けなかった。

いつも傍にあった声。再び聞きたいと、切に願っていた声。

その声の主とは、心と体を分かち合った。

「そこで何をしている」

明はここで出会えた偶然を神に感謝し、喜びで体を震わせながらゆっくりと振り返る。

漆黒の長い髪と空よりも青い瞳が印象的な、黒衣をまとった冷たい美貌の男。

明の瞳から涙がこぼれ落ちる。

これは、俺の知っている化け物だ。俺が愛しいと思った化け物だ。

明は胸がいっぱいになり、何も言えずに涙を零す。

「なぜ泣く?　俺は、お前を泣かせるようなことをしたのか?」

「エ…エディ……」

ああそうだとも。ずっと一緒だと誓ったのに、俺を残してどこかへ消えた。ずっとずっと探していたんだ……。

涙が次から次へと溢れ、目の前が霞《かす》んでよく見えない。

彼は、子供のように泣きじゃくる明に近づき、彼の顎を捉えて涙をそっと拭ってやる。

「エディ……やっと会えた」

「それが俺の名か？　お前は俺の、何を知っている？」

涙で濡れた明の瞳が見開かれた。

目の前にいる化け物は、明の知っている吸血鬼であると同時に、まったく知らない化け物だった。

「なぜ……」

「お前が知っている俺のことを話せ。お前は……俺とどういう関係だ？」

それを俺の口から言わせるのか？　どんなに辛くともひもじくとも、愛しさを分かち合った相手がいるかぎり、春をひさぐことをしなかった俺に。

明は涙を流しながら後ずさる。エディはそれを追いかける。

明は知らぬまに、部屋の隅に追いつめられた。

「おいおい。すっげーいいところで終わってんですけどー」

エディは不満いっぱいで、音読したコピー用紙を河山に手渡す。

「感想を聞きたいのは、そのページだけですから」

「感想？　……俺様だったら、何も言わない明を押し倒して、強引にエッチして、知ってることを聞き出すと思うっ！」

「バカっ！」

ようやく再起動した明は、鋭い平手をエディの頭にお見舞いした。

「せっかく再会した恋人に『お前は誰だ』なんて言われたら、ショックを受けるっ！　なんで俺のことを忘れたんだって、理不尽な怒りに駆られるに決まってるっ！　でも……恋人のために、記憶が戻る手助けをする。絶対だぞ、絶対っ！」

明は、河山を怒鳴らない代わりにエディを怒鳴る。

「お前……俺様を怒鳴りながら、しっかり感想を言うよな」

エディは痛みを堪えつつ突っ込みを入れるが、河山は明の感想に瞳を輝かせた。

「だよね！　強力なライバルが出現するんだけど、どんなに意地悪されても頑張るよね？」

「はい、当然っ！　しかし『明』の怒りがいまいち伝わらないっ！　自分でもこんなことで怒るのは間違っていると分かっていても、怒らずにいられないのが乙女心っ！　そりゃもう、恥ずかしいったらありゃしない……って、誰が乙女だっ！　これもすべて、エディが悪いんだっ！　恥ずかしくて涙が出てきたっ！」

明はエディの裸の胸を力任せに叩きながら、顔を真っ赤にして怒鳴り続ける。

「俺様のハニーだと、まず殴《なぐ》るな。今も俺様を殴ってるけど。殴られたショックで記憶が戻るかもしれないとか言って。うわー、なんて鬼嫁。俺様可哀相」

「俺の方が可哀相だっ！　とんでもないことを散々させられて、おそろいの吸血鬼になったのもつかの間、ダーリンが記憶喪失になってみろ、前途多難の悲劇だっ！　バカっ！」

「それは大丈夫」

エディは河山の前で明をしっかりと抱き締め、キッパリと言い切る。

「何があっても、何が起きても、俺様は明のことだけは絶対に忘れたりしない。愛しまくってる相手を忘れるなんて薄情なことは、情が深い吸血鬼には絶対にねえ。誓う」

俺たちは世界の裏街道を歩むダーリンハニーだから、いちゃいちゃするのは二人きりの時だけで十分。そう思っている明にとって、他人の前で自分たちのラブっぷりを見せるのは、もっとも嫌うことの一つだ。

しかしエディの熱烈な愛の言葉に、今だけは怒りを忘れて感動する。

「へえ。吸血鬼って、そんなに情が深いんですか？」

「当然だっ！　特にクレイヴン家っ！　特に俺様っ！」

「すっごくいいことを聞きました！　ありがとうエディさんっ！　『エディ』の心情を書き直すことになっちゃうけど、そっちの方が絶対にいい！」

河山は子供のように瞳を輝かせ、ダッシュで自分の部屋に戻る。

「続編が楽しみだな。『エディ』がどんな風に記憶を取り戻すのか、早く読みてえ。ん？　どうした明。目をまん丸にして」

「エディ……」

明は顔を上げると、じっとエディを見つめた。

「ん？　チュウしたいの？　いくらでもしてあげますとも」

「これ以上……河山さんにネタを提供しなくてもいいから。公開羞恥プレイだ。俺たちがモデルだと世間の皆様にバレたら、俺は……町内会の会合に出られない体に……。そしてエディは国家機密機関に生け捕りにされて大変な目に……」

自分とエディの「大変」には随分差があるが、今の明は混乱しているので仕方がない。

「おバカハニー。俺たちがモデルですって言わなきゃ大丈夫」

「赤の他人に知られるなんて嫌だ。恥ずかしい。きっと、灰になっても恥ずかしい」

顔を知ってるヤツに知られた方が恥ずかしいんじゃねえの？

エディはそんなことを思ったが、明の恥ずかしがっている様子があまりに可愛らしいので、何も言わないことにした。

「よしっ！　こうなったら、聖涼《せいりょう》さんのところに行って、吸血鬼防音のお札をもらうっ！」

「何それ。俺様が結界を張ればいいことじゃねえか。わざわざ聖涼に頭を下げてどうする」

「エディが結界を張り忘れるときもあるだろ？　むしろ忘れる方が多いかも。でなきゃ、河山さんがあんなに克明に書けるはずがない。よし。日が暮れたら道恵寺《どうけいじ》に行こう。決めた」

それよりも、聖涼に札がほしい理由をちゃんと説明できるかどうかが問題だが、明はそこに気づいてない。

「可愛いうっかりハニーちゃん」

「誰がうっかり者だ？　お前の方がよっぽど……」

エディは瞬く間にコウモリに変身し、明の肩にぺたりとへばりついた。

「怒るな。これも愛情表現の一つだ。そして俺様は愛らしい」

コウモリは明の頬に小さな顔をすり寄せて甘える。

ふわふわの毛皮に愛くるしい仕草。

怒るよりも可愛がってあげる方が何倍もいい。

「お前な、エディ。その姿は反則だ」

「明だって反則姿になれる。さっさとなれ」

「可愛い格好になりたい心境じゃないんだが……」

明は呆れた顔でコウモリの頭を撫でていたが、ため息をついてドアを閉めた。

「悔しいが、エディは俺のダーリンなんだよな。ハニーはダーリンの言うことを聞いてやらなくちゃダメか」

「愛してるぞ明。時々鬼ハニーになるけど、俺様にはお前しかいねえ。お前しかいらねえ」

「うん。……うん、そうだな。俺にもエディだけだ。エディ以外はほしくない」

明はコウモリを掌の上に載せ、その大きくつぶらな瞳をじっと見つめる。

「愛してるぞ、伯爵様」

「も一回言って」

コウモリは即座に人型に戻り、明の腰に両手を回した。

「エディ、愛してる」

「俺もだ」

エディは明に顔を寄せてキスをしようとしたが、寸前で止める。

「猫又には資料提供は十分したから、これからは俺たちだけの秘密の時間だ」

「秘密の意味、ちゃんと分かってるか？　桜荘の壁は薄いから……」

「必要とあれば、俺様がスポンサーとなって鉄筋コンクリートに改装してやる」

自信たっぷりのエディに、明は「あのな」と呆れ声を出した。

エディはわざと首を傾げて、おどけた表情を見せる。

「ラブリーハニーちゃん。お前の大事な桜荘を、取り壊したりなんかしねえって」

「当然だ。むしろ、保存に努めろ」

明は偉そうに言ってから、肩をすくめて笑った。

「その前に」

エディは明を強く抱き締め、その瑞々しい首筋に顔を埋める。

微かな吐息が産毛を掠《かす》めるのがくすぐったくて、明は僅《わず》かに身を捩《よじ》らせた。

「俺たちの愛を保存していくのが先」

「バカ」

明は照れくささを隠すために悪態をつく。

いつまで経っても初々しさを残しているハニーが愛しくて可愛らしくて、エディは明をますます強く抱き締める。

「苦しいって、エディ」

明は笑いながら、自分も彼の背に腕を回して抱き締め返した。

ただいま特訓中❷

蔵王大志

比之坂明です
服を着たままでの
人型の変身が
うまくいきません
だから未だに
特訓中です
もどーる
もどーる
服を着てもどーる
ボワンッ
ヤッ!
やったっ!
服を着たまま
変身できたぞッ!!
と思ったら
下はいてなーーいッ!!
ぷりん♡
そしてやっぱり
魔の手が…

じた
ばた

このシーンが萌え♥

高月まつりセレクション

数ある名シーンの中から、選りすぐりを高月先生がセレクト!

「伯爵様は不埒なキスがお好き♥」より

「……俺様可哀相。…死ぬ前に、一度でいいから腹いっぱい明の血を吸いたかったなぁ」

コウモリは目にいっぱい涙を浮かべ、瞳をうるうるさせて明を見上げる。

凄く可愛い。

「お、おい…」

「さあ、ひと思いにやってくれ」

泣きながら訴えるエディコウモリが、最高に可愛い！　文章だけだとコメディ度が高いのですが、コウモリイラストが入った途端「萌えモード」に。ラフを見たとき、私は「こんな可愛くなっちゃうんだ！」と萌え踊りをしたのを思い出しました。

「伯爵様は危険な遊戯がお好き♥」より

「もうお前に秘密なんて持たねぇ。約束する。……だから、俺のハニーになれ」

この、綺麗な顔をした吸血鬼は、頭に氷嚢を乗せたまま何てことを言うんだ？

明は目を丸くして、深紅のバラとエディの顔を交互に見た。

「俺はお前を愛しまくってんの。だから、お前が頷いてくれるまで、何度だってプロポーズする」

「そ…そうか……」

「で？　これを受け取るのか受け取らねぇのか、どっちだ？」

「偉そうに言うな」

「受け取ってちょうだい」

誤解から「別居宣言」した明に、エディが再度プロポーズをするシーン。
ここのエディが男らしくも可愛らしいのです。
格好いいエディの可愛いシーンに萌えを感じたのはここら辺から。

「伯爵様は秘密の果実がお好き♥」より

「聞きたいかい？　そうか、ならば私の膝の上に座りなさい。好きなだけ話をしてあげよう」

ステファンは、ソファに座ると自分の膝の上をポンポンと叩いて明を誘う。

「ジジィ。てめぇいっぺん太陽の光を思う存分浴びてこい。明は俺様の大事なハニーだ！　明、ほれ！　お前が座るのは俺様の膝の上！」

エディもソファに座ると、自分の膝をポンポンと叩く。

よく似た顔の二人が同じ動作をする光景に、明は呆れて眉間に皺を寄せた。


焦るエディと余裕のステファン。やっぱ長生きしてると違うのね。ステファン格好いいです。

でも、やってることは同じ。クレイヴン家の男はみんなこうなんですってのを、お見せしたかったのでした。

「伯爵様は秘密の果実がお好き♥」より

君は本当にエディを愛しているのか？　だったらなぜ吸血鬼になることを選ばない？

初めて言われた言葉じゃない。

それに明は、自分なりにいろいろと考えているつもりだった。

けれどエディの故郷に来て、彼の居城で言われると、なぜこんなに胸に深く突き刺さるんだろう。

「バカ。泣くな」

明の目が、優しい大きな手で塞がれた。

エディの手だ。そう思った瞬間、明の瞳から涙が溢れる。


アンガラドの言葉に傷ついて思わず涙を零す明を、優しく庇うエディ。

多分このシーンのエディが、三作目の中で一番格好いいエディだと思います。書いてた私は「ちょっとロマンチック過ぎないか？」と照れました。

「伯爵様は魅惑のハニーがお好き♥」より

「エディ。……どうしてここが……」

「俺様を呼んだじゃねぇか」

「え？」

「俺様を呼んだろ？　だから来た。お前が一人になるまで待ってんのは、ちょっと退屈だったけど」

「エディ……」

「ほれ。こうしたかったんだろ？」

エディは明に向かって両手を広げた。

明の瞳から、ボロボロと涙がこぼれ落ちる。

「エディ……っ！」


友人の結婚披露宴に出席した帰り。明の心の中の呼びかけに応えて、現れるエディ。

このころになると私にも照れがなくなりました。ロマンチックいいじゃないか！という意気込みのもと、書きまくったのです。

「伯爵様は魅惑のハニーがお好き♥」より

「同じ格好で、二人でこうしてギュッてできる。これ以上の幸せがどこにあるってんだ？　お前は何もかも放って、俺様のために吸血鬼になったんだぞ？　だから情けないなんて言うんじゃねぇ」
「エディ……」
二匹のコウモリは、ふわふわの体を押しつけ、ひしと抱き締め合う。頭を擦り合わせ、愛の毛繕いをする。

コウモリ姿でいちゃつくエディと明。

もうね、もうね、このシーンは絶対に書きたかったのです。削れと言われたら断固抗議しようと思っていたのですが、すんなり通りました（笑）。

愛らしいコウモリ姿の二人、というか二匹のラブシーン！

小説

桜の木の満開に誓う

「それではみなさんっ！　桜荘《さくらそう》と道恵寺《どうけいじ》の今後の発展を祈って、乾杯っ！」

明《あきら》の音頭で、桜荘住人と聖涼《せいりょう》・早紀子《さきこ》夫婦という大所帯は、派手に乾杯をする。

勢いよく缶ビールや紙コップをぶつけ合って中身が零れたが、誰も文句を言わなかった。

桜荘の名前の由来となった桜の巨木は今が盛りと咲き乱れ、花見をしている彼らへ己の美しさを見せつけている。

明は缶ビールを一気に飲み干すと、満月に照らされた桜の花々を見上げて目を細めた。

「amazing!　夜桜がこんなに美しいものだとは……っ！　雄一《ゆういち》、ほら見てご覧。まるで私たちの未来のようじゃないか」

「はいはい」

瞳を輝かせるチャーリーの言葉を右から左に聞き流し、雄一は彼の紙コップに赤ワインをなみなみと注《そそ》いだ。

「料理をチャーリーさんと早紀子さんに任せて正解でしたね。素敵な和洋折衷《わようせっちゅう》だ。……あ、鯛のお頭は俺のものですからね」

河山《かわやま》はニコニコしながら、お造りを飾っている鯛の頭を自分の皿に移動させる。

桜の根元に広げられたゴザの上には、カッシングホテルのシェフに用意させた料理と、早紀子が作った和食、そして高級果物が所狭しと並べられていた。どれもこれも、見ているだけで口の中に唾《つば》が溜まる。

彼らはそれらを適当に皿に盛り、顔を綻《ほころ》ばせながら味わった。

「さすがは猫又。いきなり生魚ですか。しかもサシミじゃなく頭ですか」

「河山さん、目の前でバリバリ食べないでくださいよー？」

自分たちはスペアリブを骨ごと齧《かじ》っている狼男のくせに、曽我部《そがべ》と伊勢崎《いせざき》は河山をからかった。

「橋本《はしもと》さん、橋本さん！　ちょっと日本酒に浸《つ》かってみません？」

「はっはっは。そりゃ俺は蛇妖怪ですが、浸かるより飲む方がいいに決まってるじゃないですか。嫌だな大野《おおの》くーん。はい、お手」

橋本は、隣であぐらをかいている大野に左の手の平を差し出す。

思わず「お手」をしてしまった犬妖怪の大野は、みんなに笑われて真っ赤になった。

「宮沢《みやざわ》さん、早紀子さん。こんなに果物も用意して貰っちゃってすいません」

明は片手にビール缶、もう片方に季節はずれのスイカを持ったまま、二人に頭を下げる。

エディはすでにコウモリ姿に変身し、思う存分スイカと戯《たわむ》れていた。

「いいえ、これぐらい大したことではありませんよ」

「そうよ。檀家さんがいろいろ持ってきてくださるの」

「ノーっ！　明っ！　なぜ雄一だけに頭を下げるんだい？　食べ物は任せてくれと言ったのは、この私っ！」

「手配したのは俺だ、馬鹿者」

微笑む早紀子を遮ってチャーリーが情けない声を出し、雄一がサクッと突っ込む。

「どうして私のスイートラバーは、こうきついんだろうか……」

チャーリーはワインを一気飲みしたかと思うと、紙コップでは足りないのかビンを自分用にキープしてラッパ飲みをし始めた。

「こら。家柄のいい人間のすることか。みっともないからやめろ。というか、それ以上飲んだら……」

雄一の制止は間に合わなかった。

チャーリーは目に涙を浮かべ、明の肩に顔を押しつける。

「急性アル中？　おい、チャーリーっ！」

「てめっ！　このっ！　俺様のハニーに……って、何泣いてんだ？　こいつ」

コウモリはチャーリーの周りをパタパタ飛んで威嚇《いかく》していたが、明の頭にちょこんと着地してケラケラ笑った。

「あーきーらーっ！　雄一ったら雄一ったら雄一ったらとても酷いんだよ？　せっかく熱

烈合体できたというのに、あの後は一回しかさせてくれないんだっ！　それも、十日も待ってようやくだっ！　こんな酷いことがあるかい？　ねえ、どう思う？」

「俺に振るな、俺に。あーもー。エディは笑うな」

それでも、邪険に扱うのは気の毒だと思ったのか、明はチャーリーの頭を自分の肩に乗せたままにした。

「そうだとも、チャーリー。いい年をして泣くなっ！」

「慰めてくれない雄一は酷いっ！　桜荘にいるハニーは全員鬼ハニーだっ！」

鬼ハニーと呼ばれているのは、二人しかいませんから。ええ、たった二人。

住人たちは生温い表情を浮かべて、明と雄一を交互に見る。

「彼らは放って置いても大丈夫ですよ。早紀子の作った煮物は、いつ食べてもおいしいな」

「嬉しいわ、聖涼さん」

早紀子はぴょこんと狐耳を出して、照れ隠しに素手でワインのコルクを抜いた。

美人妻も妖怪の一員。これぐらいは造作もない。

それを見てしまった雄一は、一瞬目を丸くしたが、すぐに何も見なかったことにする。

「河山さんとエディさんが結界を張ってるから、どれだけ騒いでも大丈夫なんですよね？

俺、吠えてもいい？　だって今夜は満月なんだもんっ！」

「だったら俺は変身してもいい？　だって今夜は満月なんだもんっ！」

曽我部が酒瓶を持ったまま立ち上がり、伊勢崎は服を脱ぎだした。

「伊勢崎さんっ！　女性の前で全裸は勘弁してくださいっ！」

明が慌《あわ》てて立ち上がった拍子にチャーリーがゴザの上に転がり「アウチ！」と叫ぶ。

恥ずかしがらなければならないはずの早紀子は、嬉しそうに手を叩いた。

「男の裸など、誰が見たいかっ！」

雄一と明は揃って大声を出し、二人を取り押さえようとする。

「あははー。二人とも、ダーリン以外の裸は見たくないってさ」

聖涼の一言に、その場が一瞬静まりかえる。

雄一は真っ赤になってその場に立ちつくした。

「しまった。聖涼さんはいい感じに酒が入ると……言葉の破壊力がいつもの百倍に……」

明も顔を赤くして、その場にしゃがみ込む。

「そんなにダーリンたちの裸が見たいなら、エディ君とチャーリー君にストリップをして貰えばいいじゃないか。私は別に気にしないよ。人生、時にはこんなこともあるさ。うん」

「美形のストリップショーは、私も何度か見たことがあるわ。チップを渡すときが大変っ！どこにチップを入れるか知ってる？　いやーん、早紀子、恥ずかしくて言えないっ！」

こっちも聞きたくないです。

服を脱ぎかけた狼男二人は、すごすごと座り直した。

いくら美形でも野郎のストリップを見たくない河山と橋本、大野は胸を撫で下ろす。

しかし、エディは違った。

「ふっ。俺様のヌードを見たいだと？　見たいなら見せてやろうじゃねえか」

「ぎゃーっ！　エディっ！　伯爵様がそんな下品なことをするなっ！」

「安心しろ、ハニー。俺様のヌードはな……っ！」

エディはコウモリ姿のまま、愛らしい姿でゴザの上に転がった。

そして、見ている者すべてを完璧に癒《いや》してしまう愛らしいポーズを何度も取る。

「ふわふわの毛皮も体の一部っ！　世界最強の、愛らしいヌードだ。拝めっ！」

「ダメだよエディ君。皮膚を見せてくれなくちゃ、皮膚を。ところでコウモリの皮膚って何色なの？　毛皮をカミソリで剃《そ》ってみていい？　……あ、ここには包丁しかないや。包丁でいいかな？」

聖涼は微笑みながらコウモリに手を伸ばすが、明がすかさず阻止した。

「だめですっ！　聖涼さんっ！」

「この人でなしっ！　こんな愛らしい俺様の毛皮を剃ろうだなんて、変態めっ！」

「……お前、そこまで言うなよ。しかも、聖涼さんを変態とののしれる立場か？」

明はコウモリを自分の手にしっかりと握り締めたまま、渋い表情で突っ込む。

「お前だって喜んでるくせに………って、潰れるーっ！」

自分を握り締めている明の手に力が籠《こ》もり、コウモリは命の危険を感じて叫ぶ。

「あ、明さん……俺様……気をつけないと……内臓が……口から飛び出てしまいます……」

「あ、ごめん。でも俺は悪くないぞっ！　エディが悪いんだからっ！」

明は耳まで真っ赤にして、コウモリを自分の隣に下ろした。

「ふーっ！　俺様のハニーは馬鹿力ー」

すぐさま人型に戻ったエディは、冷や汗を垂らしつつも嬉しそうに顔を弛《ゆる》める。

「まさに、命がけの愛ね。ステキ。……うちの子狐ちゃんたちも、大きくなったらそんな熱烈な恋をするのかしら」

「子狐の前に、俺たちの結婚ですよ、結婚っ！　桜荘にはカップルが二組もいるのにっ！」

二組とも男同士だけどね。

河山は慈愛の笑みを浮かべ、伊勢崎に酒を勧める。

「そうそう！　早く結婚したいっ！　桜荘カップルみたいにいちゃいちゃしたいっ！」

くどいけど、そのいちゃいちゃしているカップルは男同士だからね。

大野は吹き出しそうになるのを堪え、曽我部の皿に鶏モモを置いてやった。

「桜荘カップルか。だったらほら、やっぱり君たち二人がカップルになるしかないよ」

「ぎゃーっ！　まだそれを言いますかっ！」

伊勢崎は持っていた焼き鳥を聖涼に向かって投げたが、猫型になった河山が見事にそれをキャッチする。

「凄い！　河山さんっ！」

明は、優雅に着地した河山へ盛大に拍手をした。

「空中キャッチなら俺様も……」

「伯爵様はなにもしなくていい。ほら、今のうちにメロンやサクランボを食べておけ。うちは家計に響くものは買わないから」

「なんでこう、俺様のハニーは貧乏くせえんだ？　買い物は俺様のカードを使え」

「商店街の八百屋でカードが使えるか」

「だったら、買い物はスーパーにしろ。スーパーならカードが使えるし夜中まで開いてるから、俺たちには何かと都合がいい」

「一つ言っておく。俺は食べ物をカードで買うのは気分的に嫌だ。それにだ、エディ。贅沢というのは、たまにするからいいんだぞ？」

伯爵様と伯爵夫人の会話はなんでいつもこう……庶民的なんだろう。

ギャラリーたちは彼らを見つめ、「桜荘の不思議」の一つだなと思った。

「ヘイ明。雄一に、『飲み過ぎるな』と言ってくれないか？」

今まで独り言の愚痴を呟きながら酒を飲んでいたチャーリーが、瞳をウルウルさせて明に両手を合わせた。

「え？　自分で言えばいいじゃないか。宮沢さんはチャーリーの……」

「私が注意すると、頭ごなしに怒るんだ。彼は、日本で言うところの『怒り酒』」

「……い、いいカップルじゃないか。泣き上戸と怒り酒。ははは」

「ノーノーっ！　明は酒が入った雄一の恐ろしさを知らないから」

チャーリーは明後日の方向を見つめながら、力なく笑う。

その彼のジャケットを、雄一が後ろから強引に摑んだ。

「こらチャーリーっ！　お前はまた比之坂《ひのさか》さんに迷惑をかける気かっ！」

雄一は左手にワインのビンを持ったまま、恐ろしい表情でチャーリーを睨んでいる。

その姿をたとえるならば、返り血を浴びた戦国武将。

誰も雄一に声をかけられない。

住人たちは「目を合わせたら殺される」と、上ランクの妖怪なのに視線を泳がせる。

「前々から言おうと思っていたことがあるんだ。ちょっとこっちに来い」

雄一は低い声で呟くと、チャーリーを引きずりながらゴザの端に移動した。そしてワインをラッパ飲みしながら彼に説教を始める。

「桜荘のダーリンたちは、ハニーの尻に敷かれてると」

笑いの混じった橋本の言葉に、エディがぴくりと反応する。

「こら、うわばみ。説明が足りねえ。ダーリンってのはな、ハニーを愛しているからこそ、どんなわがままでもニコニコ笑って聞いていられるんだ。つまり、尻に敷かれてるんじゃねえ。尻に敷かせてやってると言え。もっとも、ハニーの可愛い尻になら、俺様は何度敷かれても大歓迎だっ！」

「だーもーっ！　エディはもう酔ったのか？　おいっ！」

明は顔を真っ赤にして、恥ずかしいことを言うエディの肩を力任せに叩く。

「ああ、そう言えば明君。君も結構飲んでるけど大丈夫？　倒れたら大変だよ？」

「今は吸血鬼ですから、水のように飲めますっ！　酔いませんっ！」

明は十本目の空き缶を片手で簡単にねじ曲げ、聖涼にしらふを強調する。

しかし、日本酒の瓶に手を伸ばそうとしてよろめいてしまった。

「あ、あれ……？」

明はエディに優しく抱き留められ、首を傾げる。

「おバカハニー。吸血鬼って言っても、お前はまだ新米ちゃん。人間よりちょっと強いってだけで、酔っぱらうの。具合……悪くねえ？」

エディは明の額や頬に掌を押しつけて、そっと囁《ささや》いた。

「悪くないけど……なんか……フワフワする……」

「酔いが醒めるまで、俺様にもたれてろ。な？」

ああ、なんてラブラブなダーリンハニー。それに引き替え、向こうのカップルは……。

全員の視線が、エディと明からチャーリーと雄一へと移動する。

「……もうそれくらいでいいだろう？　雄一。せっかくの酒と料理が不味くなるよー」

「口答えしないっ！」

「ノー、ノー雄一。これは口答えではなく……」

「俺は、ナマコと言い訳は大嫌いだっ！」

チャーリーは一方的に雄一に怒鳴られている。

「俺の婚約者が、あんな怒りっぽくなくてよかった……」

大野の口からぽろりと出た言葉に、全員が注目する。

「え？　大野君って、彼女いたの？　ねえねえ、なんで俺たちに教えないの？」

人型から白蛇へと変化した橋本は、とぐろを巻きながら羨《うらや》ましそうに彼を見上げた。

「あ、その……正月に実家に帰ったときにですね……見合いというものをしまして。会った瞬間に恋に落ちたというか。披露宴は実家でするんですが、みなさんをご招待しますので是非来てくださいねっ！」

ヘタに隠すのもばからしいと思ったのか、大野はあっさり白状した。

聖涼と早紀子、河山と橋本は素直に喜ぶが、伊勢崎と曽我部は違った。

「俺たちなんか、嫁さん探しに世界中を飛び回ってるのにっ！」

「ずるいよ、大野さんっ！　俺たちにも可愛い嫁さんを紹介してっ！」

二人は狼姿でゴザの上に転がって拗《す》ねまくる。

エディもまた、酔っぱらった明を抱き締めたまま神妙な表情をしていた。

「エディさんと比之坂さんも出席してくれますよね？　『吸血鬼の伯爵様とお友達なんだ』ってばあちゃんに言ったら、『一度会いたいから、是非連れてこい』って言われちゃって」

「……俺たちは、正式な結婚式を……まだしてねえ」

エディは大失敗を犯したような、悔しそうな表情を浮かべる。

「あー……でもねえ、エディ君。実家にはちゃんとお披露目したじゃないか。それに明君は左手の薬指にクレイヴン家の指輪をしてるし」

聖涼は「それに今更でしょ」と付け足した。

「よし決めたっ！　犬の結婚式が終わったら、今度はシンクレア城で俺様と明の結婚式を盛大に執《と》り行うっ！　お前らは明の身内として式に参列することっ！」

「………ちょっと待て」

酔っぱらっていると思っていた明が、ぱっちり目を覚まして異議を唱える。

「ええと……大野さん、おめでとうございます。披露宴には、喜んで出席させていただきます。だがなエディ。俺たちの結婚式ってなんだ？　誰がドレスを着る？　お前か？」

明は首を左右に振ってエディから離れ、缶ビールを「目覚めの一杯」にした。

新米吸血鬼は酔うのも早いが、醒めるのも早い。

「俺様がドレス？　そんな格好したら、じじぃに爆笑されるー。それはダメー。ドレスを着るのはハニーっ！　純白のウエディングドレスっ！　俺様のホワイトハニーっ！」

「俺がドレスを着る柄かよっ！　そんなの、絶対に嫌だっ！」

明はエディにこれ以上しゃべらせないようにするため、メロンを彼の口に押し込んだ。

「うわ。すっげー旨……っ！」

エディは自分の主張も忘れ、明に「もう一個」と口を開けて甘える。

「当然ですっ！　カッシングホテルに入っている『千疋《せんびき》ファーム』の果物ですからっ！

舌の肥えた伯爵様に文句を言われたくありませんでしたので、最高級品を揃えたのです。さあ、食べなさい。レディ・クレイヴン」

確かにそれは伯爵夫人に対する称号だが、どこから見ても男性の明は、「レディ」と呼ばれて眉を顰めた。

しかし住人たちは、笑いながら「レディ！」を連呼する。

明は頬を引きつらせ、「困ったときの聖涼頼み」とばかりに、聖涼に視線を向けた。

「いいねっ！『レディ・クレイヴン』。貴族様と庶民の結婚だ。ロイヤル好きにはたまらない、シンデレラストーリー。マスコミが大変喜ぶネタだ！　男同士だしっ！」

アルコールが入っている聖涼さんに、助けを求めた俺のバカ。

明は世界中のマスコミに追いかけられる自分を想像して、がっくりと項垂《うなだ》れる。

「俺の婚約者も、名字が変わると照れくさがっちゃうんでしょうかね〜」

大野は両手を胸に押し当て、うっとりと呟いた。

「あーあー、いいよなーっ！　婚約者がいる犬はっ！」

「どうせ俺たちには、まだ嫁さんがいませんよーだ」

二頭の狼は、大きな口で器用に酒を飲みながら、これ見よがしに嫌みを言う。

その横で、とぐろを巻いていた白蛇・橋本は「俺もそろそろ嫁さんを探すか」と、未来に夢を馳《は》せた。

「俺もそろそろ、六人目の嫁さんを……」

河山の呟きに、その場にいた全員が「え？」「何それっ！」と驚愕する。

特に狼男たちはショックを隠せず「猫のくせに……嫁が五人も……」と、いろんな意味で目頭を熱くした。

しかし河山は、のんびりと言い返す。

「これでも、随分長生きしてますからね。言っておきますが、一夫多妻じゃないですよ。五人目の妻と死別したのが……第二次世界大戦の時で……」

「何というか……魔物の寿命は果てしない。しかしみんな品行方正な魔物でよかったですよっ！　でなければ私が、魔物ハンターとしてみんなを退治してしまうところです！」

チャーリーさんに退治されちゃったら、末代まで笑われます。

妖怪たちは彼に気を遣って口にはしなかったが、心の中ではしっかり突っ込んだ。

「お前はまだ魔物ハンターに未練があるのか？　俺は旦那様と奥様に、必ずや、お前を立派な後継者にしてみせると大見得を切ったというのにっ！」

「ゆ、雄一……。楽しい席で怒らない怒らない。ほら、君の好きな日本酒をどうぞっ！」

チャーリーは、橋本が絡みついていた一升瓶を両手で持ち上げると、それを恭《うやうや》しく彼に捧げた。

「……この蛇を酒に浸けたら、もっと旨くなりそうだ」

「ぎゃーっ！　宮沢さん、それはやめてっ！　というか、俺を摑まないでっ！」

雄一に胴を摑まれた橋本は、白い体をピンクに染めて必死に動く。

「宮沢さんって、酔うと怖いのね。このままじゃ、橋本さんが漬けものになっちゃうわ」

早紀子は口では心配しているが、表情は刺激を求めてわくわくしていた。

その、「わくわく」が如実に表れている彼女のフサフサの尻尾に、河山がじゃれつく。

「それじゃ、もしものために用意していたお札を使いますか。それと河山さーん。猫が動く者にじゃれる姿はとっても可愛いけど、じゃれるなら狼の尻尾にじゃれてください」

聖涼は河山の首を摑んで持ち上げると、二頭の狼たちに向かって放った。

「酷いなあ、聖涼さんはー。あ、でもこっちの尻尾もいいっ！　じゃれるのに最高っ！」

河山は、「いやーん」「やめてー」と悲鳴を上げるオオカミ男たちを無視し、ふっさふさの尻尾にじゃれる。

「宮沢さんっ！　離してくださーいっ！」

「そうだよ雄一っ！　白蛇は……あ、今はピンクになっちゃってるけど、大変貴重な生き物だよ？　アルコール浸けなんてもったいないっ！」

「バカ、チャーリーっ！　そういう問題じゃないだろうがっ！　自分の恋人ぐらい、大人しくさせろっ！」

明の大声に、エディはちょっぴり意地の悪い笑みを浮かべた。

「いつも俺様を振り回しているお前の口から、そんな言葉が出てくるとは驚きだ」

「エディっ！　そんなことを言ってる暇があったら、宮沢さんを止めろっ！　お前は一番強い魔物だろうがっ！」

「ハニーにお願いされたら、動くしかねえな。……おいこら雄一。さっさとうわばみを離さねえと、お前を食うぞ」

エディは優雅に立ちポーズを決め、雄一に牙を剥きだして見せる。

怖いものが大嫌いな雄一ならば、この威嚇《いかく》ですぐチャーリーの後ろに隠れるはずだ。

「吸血鬼が怖くて、チャーリーの世話ができるかっ！」

「……何それ。なーにそれっ！　明、こいつを本当に食っていい？」

チャーリーより下に見られたエディは、ムッとした顔で明に許可を求める。

「ダメっ！　絶対にダメっ！　エディが吸っていいのは俺の血だけっ！」

エディは明の言葉に心の中を薔薇色にして、力任せに抱き締めた。

「あ、バカ。人前で……っ」

「ハニーの熱烈な告白を聞いて何もしないダーリンがいたら、そいつは俺様じゃねえっ！」

「はいはい。ちょっと横を通りますよー」

聖涼は器用に料理や人外を避け、手にした札を雄一の頭にぺたりと貼る。

札は小さな音をたて、煙となって雄一の体を包んだ。

「な、なんだ？　……って、ぎゃーっ！　蛇っ！」

雄一は今にも泣きそうな顔で自分が摑んでいた物体を乱暴に投げ捨てると、物凄い勢いでチャーリーに抱きつく。

「俺たちは花見をしていたんだろ？　なぜ動物が一緒にいる？　おいチャーリーっ！」

彼らは一般の動物とひとくくりにされてしまったが、橋本が解放されたのでよしとした。

「ああん！　私の可愛い猛獣ちゃん。ここにいるのはみな桜荘の住人だよ。酔いが回って、本性を現しただけだ」

あなたの恋人も、本性を現しましたよね。

桜荘の住人は寛大な妖怪なので、そんな酷いことは心の中でしか呟かない。

「宮沢さん、少し酔ったみたいだね。ジュースでも飲んで気分を落ち着けたら？」

一仕事を終えた聖涼は、軽やかに妻の元に戻った。

「チャーリー……事態は理解したから、さっさと俺を離せっ！」

「ノオォォォォーっ！　恋人には優しくっ！」

強引に引き剝がされたチャーリーは、未《いま》だに抱き締め合っているエディたちを指さす。

「バカ、チャーリーっ！　俺は一方的に……っ」

「今さら照れてんじゃねえ。俺たちが世界最強のダーリンハニーだってことは、みんな知ってるんだ」

そのとき、柔らかな風が吹いた。

桜の木はふわりと枝を揺らし、花見客たちの上に花びらを舞わせる。

「綺麗ね……」

早紀子は聖涼に寄り添い、降り注ぐ花びらを見つめた。

誰も何も言わず、嬉しいハプニングの観客となる。

エディは明を抱き締めている腕を弛めたが、明は彼から離れず、笑みを浮かべて桜を見上げた。


あれだけ大量に用意した料理と酒は跡形もなく全員の胃袋に収まり、後片付けのすんだ桜の根元は元通りになり、妖怪たちも人型に戻った。

「この立派な桜の木は山桜なんですよ？　知ってました？　比之坂さん」

河山は桜を見上げながら、明に話して聞かせる。

「え？　俺はまた……ソメイヨシノだとばかり思ってました。こんなところに山桜か……」

「ここは、ブラッドベリーも育つ不思議な土地だから、何が育ってもおかしくねえよ」

エディは明の手を優しく握り締めた。

「聖涼さんは知ってました？」

「ああ。私の祖父が若いころ、ここに植えたそうだ。周りは『根付かないんじゃないか』と反対したらしい」

「俺たちが入居したときには、当然のようにここにあったもんなあ。そうか、聖涼さんのお祖父さんが植えたのか」

橋本の言葉に、住人たちは入居したころを思い出す。

「そうそう。日本には、人が願ったり命を捧げたりして、桜の寿命を延ばしたり老木に花を咲かせるという話もあるんですよ」

「それは何とも幻想的な話じゃないか。ねえ雄一」

河山の話に感心したチャーリーは雄一に話を振るが、彼は微妙な表情を浮かべて、チャーリーの腕を自分の両手で抱き締めた。

「怖い話でもないのに。でも、そんな臆病な君も、あ・い・し・て・る」

チャーリーはだらしない笑みを浮かべて桜を見上げる。

「来年も、こうしてみんなと花見ができますように」

「チャーリーさん、たまにはいいことを言いますね。俺もお願いしよう。来年もみんなと花見ができますように」

橋本が桜に手を合わせたのをきっかけに、みなも同じように桜に願った。

「そうだっ！　毎年ここで、みんなで花見をするというのはどうでしょう」

チャーリーの提案に、みんな賛成の声を上げる。雄一も彼を怒らず「いいんじゃないか」と頷いた。

毎年ここで、花見をしよう。

きっと年が経つほど、参加人数は増えていくに違いない。

妻を連れ、子供を連れた住人たちのために、桜の花も盛大に花を咲かせてくれるだろう。

たわいのない愚痴や子育ての苦労などを語り合い、楽しい一夜を過ごすのだ。

なんて幸せで、楽しい約束。

「よっしゃ。これから先の花見の約束ができたところで、今年の花見はこれで解散」

じわりと感動して、何も言えずにいた明の代わりに、エディがお開きの声を出す。

彼らは頭や肩に桜の花びらを乗せたまま、名残惜しそうに桜の木を後にした。


「あ、ありがとな、エディ……」

明はエディの手を握り締めたまま、俯いて呟く。

「ん？　何が？」

「俺……口を開いたら泣いてた」

「バーカ。ダーリンはハニーのことをハニーよりもよく知ってるの。だからそれくらい、わけねえの。ほら……こっちに来てみ」

エディは、明を桜の幹に触らせ自分も手を添える。

「こいつはまだ二百年も生きてねえ。来年どころか、何百年も先まで花を咲かす気でいる」

「うん」

「聖涼んところの子狐たちが大きくなって、結婚して、子供ができて、そのまた子供たちが大きくなっても」

「うん」

「この桜の木は、ずっと花を咲かせ続ける」

「本当か？」

明は目にいっぱい涙を浮かべ、鼻をすすり、それでも笑みを浮かべてエディに尋ねた。

「おう。だからお前も、ちゃんと願え。俺様と一緒にずっとずっと花見をするって。いずれは日本を離れるだろうが、桜の花が咲く季節には絶対にここに戻ってくるって。そのころは、聖涼やヘボハンターに雄一はもうこの世にいねえけど、人間ってのは生まれ変わる生き物なんだろ？　だったらいつか、あいつらと似たような面と性格の人間に会える。きっと花見に参加してる。それも一緒に願え」

エディは明にそっと体を寄せ、耳元に優しく囁く。

生まれ変わりが本当にあるかなど分からない。

けれど明は、ほしいと思っていた言葉を、言ってほしかった相手から貰えた。

「俺が考えてること……全部分かっちゃうんだ……」

「そりゃ俺様は、大事な大事なハニーのスーパーダーリンですから」

「バカ。茶化すな」

明は泣き笑いの表情で、エディの胸の中に収まる。

エディは明を抱き締めると、彼の顎を指先でそっと持ち上げた。

「そして俺は、この桜の木の下で、毎年、お前に愛を誓うんだ」

「い、いつも……言ってるくせに……」

「おバカハニー。特別な季節だから、特別に誓うんだよ」

「そっか……」

明は手の甲で涙を拭い、エディの青い瞳を見つめる。

ふわりと、一枚の花びらが明の唇に落ちた。

「愛してる」

エディは、桜の花びら越しに明にキスをする。

「俺も。ずっとずっと……エディを愛してる。何があっても……俺には……エディだけだ」

「結婚式でも、全員の前で同じことを言えよ？　ハニーちゃん」

「え？」

「犬の結婚式に参加したあとは、みんなを連れてGo to England。シンクレア城で、俺たちの結婚式だ」

ああ、すっかり忘れてました。その予定。

明は小さなため息をつくと、「順序が滅茶苦茶だ」と呟いた。

「そんなの気にすんな。俺たちがよければそれでよし。吸血鬼たちは日本の妖怪に興味《きょうみ》津々《しんしん》だから、きっとにぎやかになるだろうな。でも今は……」

満月に照らされた桜の木の下で、二人きりの甘い時間を過ごしたい。
二人はゆっくりと顔を寄せた。
みんなと毎年、この桜の木の下で花見をしよう。
それぞれ、愛しい伴侶を伴って。
きっと桜は歓迎の花びらを降らせてくれる。
長い長い約束が、破られることはない。
エディと明の誓いが永遠であるように。

あとがき

伯爵様シリーズのあとがきを、また書けると思ってなかった高月《こうづき》まつりです。これも読者の皆さんがエディと明《あきら》を愛してくださったおかげです。感謝感涙。

企画本ということで、いろいろ裏設定を出しました。漠然としか決まっていなかったものも正確に出しました。なんつーか、設定てんこ盛りです。エディの生まれた年に、主要キャラのお誕生日や血液型。チャーリーと雄一《ゆういち》は卒業校も出しました。桜荘《さくらそう》住人も、この本でようやく本名発表（笑）。ただでさえ脇キャラが多いのに、フルネームで出すと混乱するからということで、本編は名字だけにしておいたんです。

一話目は、とにかく聖涼《せいりょう》さんの鬼畜《きちく》っぷり全開なお話。主要キャラのそれぞれの性格がかいま見えます。あと、明のプリチーなコウモリ描写。

二話目は……チャーリー、本当によかったねぇ編。これを書いているとき「チャーリーはうるさいなあ」と思っちゃったりして。編集さんにも「チャーリーは本当によくしゃべりますね……」と呆れられました。でもいいの、チャーリーだから。余談ですが、彼の従弟・クリスの子供が、後にカッシンググループを継いでいきます。

三話目。まさか自分で伯爵様のパロディ（しかもシリアス）を書くとは思いませんでした。楽しかったっ！　でもちょっとキャラ違う（笑）。また、編集さんに「明がノリノリ過ぎです」と言われ、赤面しながらラブシーンを書き直したのはここだけの秘密です。

四話目は急遽追加した話。私がネタを振ったら「それ、書きましょう！」と編集さん。時間ねえよと思いつつも、情熱で突っ走りました。まずは本編を読んでからミニCDを聞いてください。そして余韻《よいん》に浸ってください。

イラスト&四コママンガを描いてくださった蔵王大志《ざおうたいし》さん、ありがとうございました。ラブラブなダーリンハニーの表紙&可愛い四コマ。二つめのオチに爆笑。私…そこまで考えてなかったです。凄いよ蔵王さん。可愛いよ明のプリケツ。

初代担当I様がオッケーを出してくれなければ伯爵様シリーズはなかった。そして現担当N様が企画を出してくれなかったらこの本はなかった。お二人に感謝です。

伯爵様シリーズを愛してくださったすべての方へ、ラブと感謝を捧げます。ホントにホントにありがとうっ！

では、エディの言葉で締めくくりたいと思います。

「俺様はこれからもずーっと明と一緒に、ラブでスイートな毎日を送るから安心しろ。それと、サヨナラとか辛気《しんき》くせえこと嫌なの。……っつーことで、じゃあまたなっ！」

Platinum Label

伯爵様《はくしゃくさま》より スペシャルな愛《あい》をこめて♥

プラチナ文庫をお買いあげいただき、ありがとうございます。
この作品を読んでのご意見・ご感想をお待ちしております。

★ファンレターの宛先★

〒112-0004　東京都文京区後楽 1- 4 -14
プランタン出版　プラチナ文庫編集部気付
高月まつり先生係 / 蔵王大志先生係

★読者レビュー大募集★

各作品のご感想をホームページ「Pla-net」にて紹介しております。

メールはこちら→platinum-review@printemps.co.jp

プランタン出版HP http://www.printemps.co.jp

著者――高月まつり（こうづき まつり）
挿絵――蔵王大志（ざおう たいし）
発行――プランタン出版
発売――フランス書院
〒112-0004　東京都文京区後楽 1- 4 -14
電話（代表）03-3818-2681
　　（編集）03-3818-3118
振替　00180-1-66771
印刷――誠宏印刷
製本――小泉製本

ISBN4-8296-2326-8 C0193
© MATSURI KOHZUKI,TAISHI ZAOH Printed in Japan.
本書の無断複写・複製・転載を禁じます。
落丁・乱丁本は当社にてお取り替えいたします。
定価・発売日はカバーに表示してあります。

Platinum Label プラチナ文庫 Platinum Label

恋愛仁義
REN・AI・JIN・GI
～俺の背中に手を出すな！～
Presented by
Matsuri Kohzuki
高月まつり
イラスト／富士山ひょうた
背中を触られると、
淫乱になっちゃう!?
見た者を虜にしてしまう「魔性の美背中」を持つ遼一。
その背中に一目惚れした龍介に触られ、腰砕けのどーにでもして♥状態になってしまった遼一だが…!?　究極のエロフェチズム♥コメディ！

●好評発売中！●

Platinum Label プラチナ文庫
Platinum Label

高月まつり
イラスト 富士山ひょうた
NETSU AI JIN GI
熱愛仁義
〜美背中は俺のもの！〜
だれもが、
美背中を狙ってる!?
遼一の「魔性の美背中」がなんとポスターに！　そのことに
恋人の龍介は激怒し、超敏感な美背中を淫らに責め立てる。
さらに世界的な写真家・比奈川にも目をつけられてしまい…!?
究極のエロフェチズム♥コメディ、怒濤の第2弾!

●好評発売中!●

Platinum Label プラチナ文庫

髙月まつり
イラスト 富士山ひょうた
仁義《じんぎ》ある密愛《みつあい》
～究極の美髪を求めて～
この髪、
もう手放せないっ!
クールな美貌と毒舌で氷の帝王の異名を持つ正宗は、敵対する組の幹部・雪路に髪を撫でられた。あげくに、これこそ探し求めていた究極の美髪だと迫られ、彼の愛撫に感じてしまい!?

●好評発売中!●

プラチナ文庫
Platinum Label

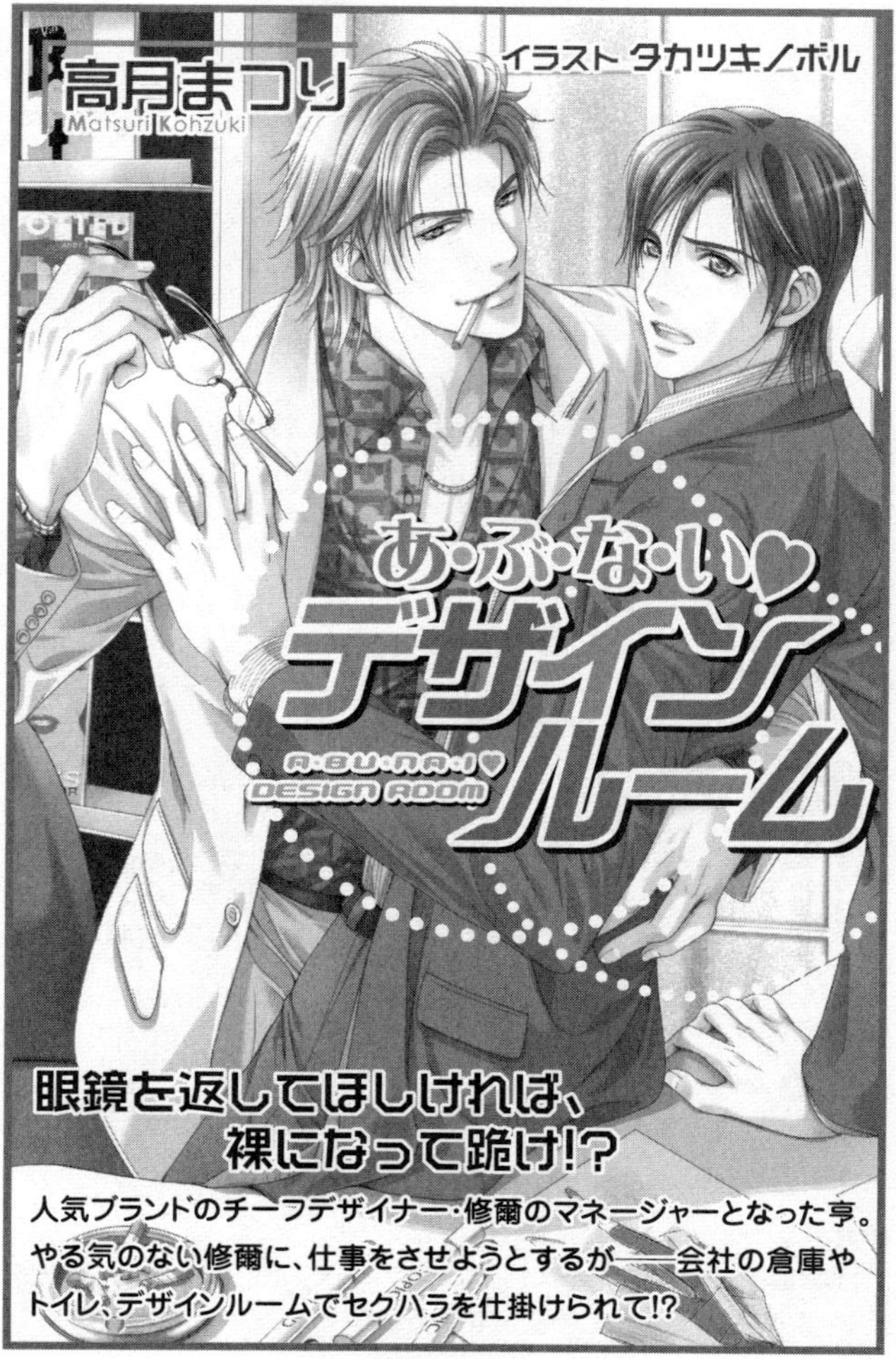
高月まつり
Matsuri Kohzuki
イラスト タカツキノボル
あ・ぶ・な・い♥
デザインルーム
A・BU・NA・I♥
DESIGN ROOM
眼鏡を返してほしければ、
裸になって跪け!?
人気ブランドのチーフデザイナー・修爾のマネージャーとなった亨。
やる気のない修爾に、仕事をさせようとするが——会社の倉庫や
トイレ、デザインルームでセクハラを仕掛けられて!?

●好評発売中!●

プラチナ文庫
Platinum Label

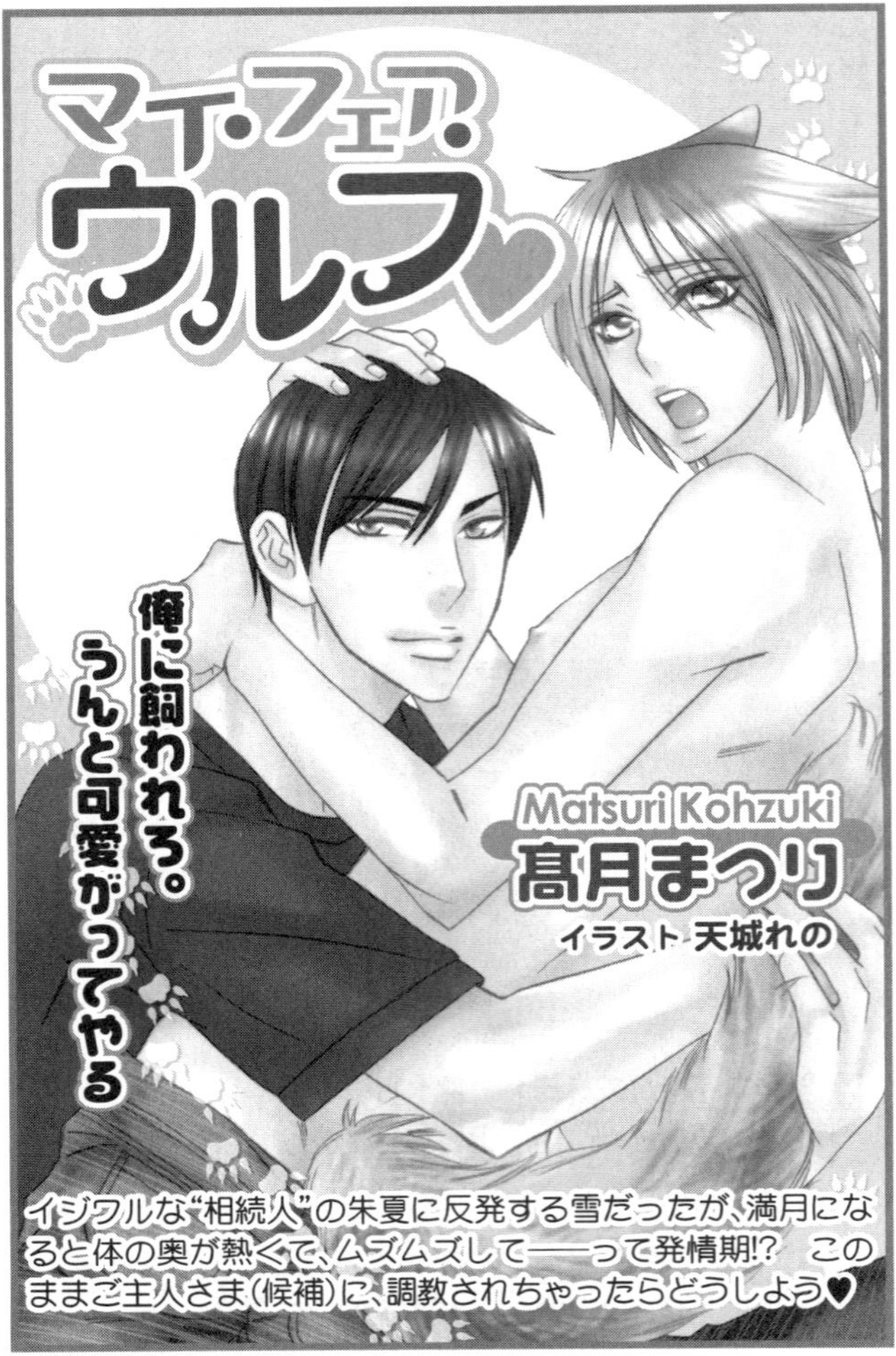
マイ・フェア・ウルフ♥
俺に飼われろ。
うんと可愛がってやる
Matsuri Kohzuki
髙月まつり
イラスト 天城れの
イジワルな"相続人"の朱夏に反発する雪だったが、満月になると体の奥が熱くて、ムズムズして――って発情期!?　このままご主人さま（候補）に、調教されちゃったらどうしよう♥

●好評発売中！●

Platinum Label プラチナ文庫 Platinum Label

だれにも言えない♥
高月まつり
Matsuri Kohzuki Presents
イラスト／樹 要
この体、
コスプレHじゃないと
感じない…♥
美形カリスマデザイナー・愁に一目惚れされた祐貴。
ショップ店員として働き出すが、失敗する度、イメク
ラでのお仕置きが。そう、愁はコスプレ・イメクラ
フェチだったのだ！

●好評発売中！●

プラチナ文庫特製ミニドラマCD

伯爵様よりスペシャルな愛をこめて♥
～桜の木の満開に誓う～

高月まつり

キャスト◆比之坂明…鳥海浩輔　エディ…杉田智和

ミニドラマCDについてのご注意

♥ 8㎝CDの取り扱いにつきましては、お手持ちのCDプレイヤーの取り扱い説明書をお読みください。

♥ 本CDを使用して何らかのトラブルが生じたとしても、出版社は一切の責任を負いません。あらかじめご了承ください。

♥ 本CDにひび割れ・変形等、何らかの不具合が認められた場合は、危険ですので絶対に使用しないでください。破損CDに関しましては、当社にてお取り替えいたします。

♥ 本CDの内容を無断で録音およびコピーすることは法律で禁じられています。